ベリーズ文庫

獣な次期国王は
ウブな新妻を溺愛する

朧月あき

STARTS
スターツ出版株式会社

目次

獣な次期国王はウブな新妻を溺愛する

獣な次期国王は
ウブな新妻を溺愛する

悪名高き王太子

珊瑚《さんご》色、若草《わかくさ》色、金糸雀《カナリア》色、菫《すみれ》色。

色とりどりのガラス細工ほど美しいものはないと、アメリは幼い頃から思っていた。

ガラスは、普段は宝石のように煌《きら》びやかには輝かない。けれども太陽光を浴びた途端に、驚くほど多種多様なきらめきを見せてくれる。

とくに、母の作るガラス細工の美しさは格別だった。

『美しいものはね、普段は輝きを隠しているものなのよ』

それが、女だてらに街一番のガラス職人と呼ばれた母の口癖だった。

『その本当の美しさを引き出すのは、職人の腕次第ね』

アメリは、繊細な作業を滑らかにこなす、母の細い指先が好きだった。ガラスに命を吹き込む時の、真摯な光を灯したエメラルドグリーンの瞳も。

強く美しい母は、アメリの憧れだった。

いつかは母のようにガラス職人になり、己《おのれ》で生計を立てるのだと夢見ていた。

けれども――。

『お母さん…っ』

あれは、雨上がりの夜だった。空は墨を塗ったかのように黒く、星ひとつない。不気味な色の満月だけが、地上を見下ろしている。

まるでこの世の果てのような景色の中で、母は名も知らぬ数人の男たちに取り囲まれていた。

『アメリ、逃げて……っ！　早く逃げるのよっ！』

必死に、こちらへと張り上げられる悲痛な声。

ぬかるんだ道に、母の作ったガラス細工が散らばる。モノクロの世界では、そのガラスたちだけが唯一色を持っているように見えた。

不安で震える自分の息遣いが、さらに恐怖を煽《あお》る。

そんなアメリを叱咤《しった》するように、母は涙を滲《にじ》ませながらひと際大きな声をあげた。

『生きるのよ、アメリ……っ！』

「アメリ様」

「う……ん」

思わず漏れた声が、アメリを現実世界に引き戻した。

目を開ければ、心配そうに自分を覗《のぞ》く男の顔が飛び込んでくる。

無造作なブラウンの髪に、同じ色の瞳。他人を見透かすようなタレ目には、男らしい色香が漂っていた。

「ヴァン……。どうかした？」

「うなされていたようですが、大丈夫ですか？」

そこで、ひっきりなしに響いている車輪の音がようやくアメリの耳に届く。規則正しい馬の蹄《ひづめ》の音に呼応するように、室内がガタゴトと揺れていた。

（そうだった。今は、馬車の中だわ）

また例の悪夢にうなされていたことに、アメリは気づいた。

窓の外を見れば、眠る前までは田園風景だった情景が街並みに変わっている。

あと少しで、おそらく城なのだろう。

「大丈夫よ、ヴァン。心配しないで」

アメリは背筋を伸ばし座り直した。額に浮かんだ汗を、さりげなくハンカチで拭う。

そんなアメリを見て、ヴァンは彼女を労わるように目を細めた。

「それならよかった。ところで見てくださいよ、ここが城下町のようです。予想はしていたが、冴《さ》えない街ですね」

話を切り替え、ハハハ、と今の状況を笑い飛ばすヴァン。

おそらく、アメリの気持ちを和《なご》ませようとしているのだろう。そういう男だ。

「この分だと、城は蔦《つた》まみれってところかな。まあ、それはそれで面白そうですが」


アメリ・ウィシュタットは、ロイセン王国のグレノス地方を治めるウィシュタット伯爵家の第四令嬢だ。

緩やかに波打つ褐色がかった黒髪と、エメラルドグリーンのアーモンド形の目は、派手さはないが会う人に印象を残すといわれている。今年で十八になるが、物おじしない性格のせいか、年上に見られることのほうが多い。

向かいに座っている男は、ヴァン・オズボーン・アンザム。

アメリより七つ年上の、ウィシュタット伯爵家に仕える騎士だ。

筋肉質な男らしい身体つきに甘いマスクを持つこの男は、言わばアメリの兄のような存在だった。もとはロイセン王国に隣接するハイデル王国の子爵家の長男だったが、わけあって父親が爵位を剥奪され、一家は離散したらしい。

剣の腕を見込まれたヴァンは、ウィシュタット伯爵に拾われる形で騎士として雇われ、今に至っている。

「まあ、どんな冴えない城でも、美しい姫がいれば気持ちも弾むんですがね。あ、でもロイセン王にはご子息がひとりいるだけか。残念だな」

冗談交じりのヴァンの声を聞き流しながら、アメリは窓の外を見つめた。

何年も舗装をやり直していないと思われる煉瓦《れんが》の道は、ところどころがひび割れ、土が剥き出しになっている。広場があるので街の中心部のようではあるが、扉を閉めている店が目立ち、活気に乏《とぼ》しい。

中心に建てられた大聖堂も外壁が薄汚れ、三角塔の頂《いただき》にある鐘はさびつき、神々《こうごう》しさの欠片《かけら》もなかった。

「これが、今のロイセン王国なのね……」

アメリの呟《つぶや》きに、冗談ばかり言っていたヴァンは口を閉ざした。

心配そうに自分を見つめる騎士に、アメリは慌てて微笑を向ける。自分は不安ではないと、伝えるために。

ロイセン王国は、近隣随一の弱小国だ。

ここ数年、隣国のハイデル王国が着々と勢力を強めており、あらゆる国から警戒されている。ロイセン王国がハイデル王国に呑《の》み込まれるのも時間の問題だと語る人民も、あとを絶たない。

「アメリ様」

改まったように、ヴァンが声音を下げた。

「引き返すなら今です。ウィシュタット伯爵が反対しても、俺が全力で押し切りますから」

「帰りたいなんて思っていないわ」

「しかし、相手は悪魔と呼ばれる王太子ですよ」

ヴァンが、ついにその不安を口にした。

いつになく真剣な眼差しで自分を見るヴァンを、アメリは黙って見返す。

「いいのよ」

ヴァンの不安を蹴散らすように、アメリは微笑んだ。

「私だって、この髪のせいでお姉様たちに魔女と呼ばれてきたわ。悪魔と魔女、ちょうどいいじゃない」

普段は黒くとも光の加減によって褐色に輝くアメリの髪を、母は『まるでガラスのようね』と誉めそやしたが、心無い人たちからは気味悪がられることが多かった。

冗談めかして笑ってみせても、目の前の騎士はもう笑顔を返すことはなかった。

それほどに、アメリのことが心配なのだろう。

アメリだって本当は不安だ。

だが、ウィシュタット家にアメリの居場所はもうない。行くしかないのだ。

悪獅子《あくじし》、悪魔、人でなし。

そんな異名を持つ、悪名高き王太子の妻になるために。


カイル・エリオン・アルバーン。

ロイセン王国内で、その王太子の名を知らない者はいないだろう。

城下町で度々《たびたび》暴れ、幾人にも怪我を負わせたことがあるだとか。従者にも暴力ばかりで、城に混乱を招いているだとか。カイル王太子に関する悪い噂《うわさ》は、貴族だけでなく平民にまで知れ渡っている。

極めつけは、城に招かれた婚約者たちによる悪評だ。公爵令嬢から伯爵令嬢まで、これまで彼の婚約者として城に上がった者は全部で四名になるが、皆が口を揃《そろ》えて彼を〝悪魔〟と罵ったという。

乱暴を働かれた者、暴言を吐かれた者、人としての扱いを受けなかった者。おまけに城から逃げ出し生家《せいか》に戻っても、世間からは〝悪獅子の手つきの汚れた令嬢〟という蔑みの目で見られ、つらい思いをするという。

いずれは王妃という最高地位を手にできるのに、これほどまでに婚約者探しが難航しているのは、王太子の悪い噂のせいだけではない。

そもそも、弱小国であるロイセン王国は、この先滅びの道を歩むだろうとまことしやかに囁《ささや》かれている。戦争に負けた時、王妃という立場にいたならば、処刑は免《まぬが》れない。

運がよくても、幽閉されて一生を不自由な身で過ごすことになるだろう。

そんな絶望的な未来が見える中、好んで婚約者になりたがる令嬢はなかなか見つからないのだ。

とはいえ、王太子も今年で齢《よわい》二十四。このまま伴侶《はんりょ》を娶《めと》らないというわけにはいかないから、城からは年頃の令嬢に次々と声をかけているようだ。けれども、誰もが苦し紛れの言い訳を並べ、悪名高き王太子の婚約者の座から逃げ回っているらしい。

そこで白羽の矢が立ったのが、アメリというわけだった。

アメリは伯爵令嬢といえども、ウィシュタット伯爵の妾《めかけ》の子供だ。おまけに十歳までは平民の育ちとあって、家族からも世間からも蔑すまれて育った。

言うなれば、アメリは厄介払いをされるように、悪獅子の婚約者を押しつけられ城に行かされているわけである。

断固として弱音を吐こうとしないアメリを、ヴァンは物言いたげな顔で見つめていた。だが、やがて諦めたように長い息を吐く。

「まあいい。あなたがそう言うのなら、俺はどこまでもお供しましょう」

甘いマスクに、蠱惑《こわく》的な笑みを浮かべるヴァン。

その瞳には確かな温もりがあった。

男性的な色気のある所作と容貌から、ヴァンはいつも女たちの熱い眼差しを浴びている。

けれども同時に、爵位を剥奪されたいわくつきの家系の出とあって、アメリと同じく蔑みの対象となっていた。だから、婚約者として城に赴くアメリの付き添いを任されたのだろう。

(ヴァンがいれば心強いわ)

強がってはいるが、悪名高い王太子のもとに行くのは、アメリだって不安だ。けれども兄のように慕う彼が近くにいるだけで、不安が幾分か薄まるのだった。

窓の外を見れば、煉瓦道の先に、いつしか石造りの物々しい要塞城がそびえていた。

幾棟も連なる塔や凸凹とした城壁には影が差し、先ほどのヴァンの冗談を具現化したかのように、蔦が石壁を這《は》っている。

長い間改装されていない様子から、ひと目でロイセン王国の財政難がうかがえた。

この城を見て、この国の明るい未来を想像する人間はまずいないだろう。

無意識のうちに、アメリは右手の薬指につけた指輪を撫《な》でていた。

目を奪われるほど色鮮やかなガラス玉のはめ込まれたその指輪は、ガラス職人だった母の形見だ。

天色《あまいろ》。

晴れ渡る空のようなその色を、母はそう呼んだ。

遠い南の国の出身であるアメリの母は、ロイセン王国にはない不思議な色をたくさん知っていた。その国は染料技術がかなり進んでいて、母は多種多様な色の調合の仕方を教えてくれた。

珊瑚色、若草色、金糸雀色、菫色、そして天色。

石や植物から色とりどりの色彩が作り出される様《さま》は、魔法のようだった。

母の手にかかれば、どんなガラスも色鮮やかに染まる。そして太陽光を浴びるなり、色づいたガラスは天にも届くような眩《まばゆ》い光沢を放つのだ。

アメリは目を閉じガラス玉の感触に心をゆだね、どうにか不安をしずめようとした。

ロイセン城の屈強な鉄門をくぐると、城に向けて鼠《ねずみ》色の石畳の通路が伸びていた。

石畳の両側には、ひどく殺風景な緑の芝生が延々と広がっている。

あちらこちらで騎士たちが訓練に励んでおり、剣のぶつかる音と雄々しいかけ声が、空気を緊迫させていた。

「お待ちしておりました。こちらでございます」

馬車着き場で従者に出迎えられたが、淡々とした態度で、歓迎されている様子はなかった。

矢を射るためのくりぬき窓の連なる回廊を歩み、王の間へと案内される。

臙脂《えんじ》色の絨毯《じゅうたん》の敷き詰まった広い空間は、最奥に玉座が据えられていた。窓がわずかしかないため薄暗く、装飾といえば金の刺繍《ししゅう》が施された朱《しゅ》色のカーテンくらいで、寒々しい印象を受ける。

玉座の前までアメリとヴァンを案内すると、「しばしお待ちを」と告げて従者は去っていく。

「いよいよ、悪名高き王太子とのご対面ですね」

アメリの緊張をほぐそうとしているのか、ヴァンがどこかこの状況を楽しんでいるような声を出した。

「噂によると、ずいぶんな醜男《ぶおとこ》とのことですが」

「醜男……？」

アメリは、目を瞬《またた》いた。そのような噂は、初めて聞くからだ。

「聞いていませんか？　太った牛に似てるだの病気の馬に似てるだの、ひどい噂ばかりですよ」

「まあ……」

王太子の容貌などには全く興味のなかったアメリだが、そこまでのひどい噂を聞くと、どんな顔なのか逆に興味が湧く。

（病気の馬よりは、太った牛のほうが好みかもしれないわ）

そんなことを考えているうちに、背後で扉が開かれた。

「ロイセン王とカイル王太子のお出ましである。頭を下げよ」

我に返ったアメリは、慌てて床に膝をつき顔を伏せる。

数人の足音が、アメリの横をすり抜け玉座へと向かっていく。

「頭を上げよ」

王と思《おぼ》しき人物の声に、アメリは恐る恐る顔を上げた。

玉座には、朱色のローブをまとった老人が座っていた。

月桂樹《げっけいじゅ》の葉を模《かたど》った王冠を被り、白いあごひげを生やしている。じっとアメリを見下ろす視線は、まるで物の品定めでもするように、感情が希薄だった。

王の左隣には、聖職者の黒衣に身を包んだ司祭が立っていた。

銀縁の眼鏡をかけ、肩までの銀色の髪を束ねた、温厚そうな男だ。胸元では、重厚感のあるロザリオが艶やかな光沢を放っている。年は、おそらく三十代半ばあたりだろう。

続いて王の右隣に座っている人物へと視線を移したアメリは、すぐさまぎょっとして固まった。

カイル王太子と思われるその人物が、銀色に輝く鉄兜《かぶと》で頭をすっぽり覆っていたからだ。

「アメリ・ウィシュタット。遠路はるばる、よく来たな」

王の声に、アメリは慌てて姿勢を正す。

「こちらこそお目にかかれて光栄でございます、陛下。このたびは誉れ高きご招致をくださり、誠にありがとうございます」

「うむ。固くならなくてよい、楽にしろ」

「恐れ入ります」

「これが息子のカイルだ。知っておるな？」

王に紹介を受けても、鉄兜の王太子は会釈すらせずにじっと前を見据えている。

「はい、存じ上げております」

「そなたの処遇は、彼に任せておる。婚約者として、精いっぱい勤め上げよ」

王の口調は、奇妙なほどに事務的だった。

仮にも婚約者を出迎えているというのに、隣にいる王太子に視線すら投げかけようともしない。

「はい、承知いたしました」

「困ったことがあったら、このレイモンドに相談しろ。彼は王宮司祭であり、この城で暮らす者の相談役でもあるからな」

王の言葉を合図に、左隣に立っていた司祭が恭《うやうや》しく頭を下げた。アメリに向けられる微笑は穏やかで、鉄兜の王太子を前に硬直していたアメリの気持ちが、少しだけ和らいでいく。

つられて、アメリも微笑を浮かべた。

その時、おもむろにカイルが立ち上がった。

そして無言のままアメリに近づくと、目前で足を折り曲げしゃがみ込む。

不気味な光沢を放つ鉄兜は、頭から顎先までくまなく覆いつくしている。目元に隙間があるので向こうからこちらは見えているようだが、アメリからはカイルの表情が全く見えない。

まるで銀色の頭をした化け物に見つめられているようで、這い上がる恐怖に、アメリの心臓が鼓動を速めた。

しばらくの間、カイルはそのままの姿勢でアメリを観察していた。

だがふと手を伸ばし、肩下に垂れたアメリの髪に触れる。艶やかな黒髪が、サラリとカイルの指を流れていく。

「気に食わないな」

鉄兜の向こうから、忌々しげな若い男の声がした。

アメリが息を呑むと、クス、とカイルが不敵な笑みを浮かべる気配がした。

怯《ひる》んだアメリの顔を見届けると、カイルは立ち上がり、退席の挨拶を述べることもなくさっさと王の間を出ていく。

乱雑に扉が閉められるや否や、玉座で王が深いため息をついた。

「まあ、どうにか頑張ってくれ」

まるで他人事のように告げると、王はアメリとヴァンを追い払うように退席させた。

「なんだ、あの態度は。いくら王太子といえども無礼すぎる」

王の間を出て居館に向かう道中、ヴァンは終始ぶつぶつと不平を言っていた。

「ていうか、あの鉄兜はなんだよ。悪趣味にもほどがある。顔も見せられない醜男なのか？」

「ヴァン、ここは王宮よ。言葉をつつしみなさい」

「ですが、アメリ様。あれはひどすぎます。アメリ様は心が広いからそうして落ち着いておられますが、他の令嬢なら怒り狂っているところですよ」

「別に心が広いわけではないわ。あれくらい、馴《な》れているだけ」

淡々と吐き出されたアメリの言葉に、半歩後ろを行くヴァンが足の速度を緩めた。

ヴァンの同情の眼差しを感じながら、アメリはかつての日々を思い起こす。

アメリの母は遠い南国の出身で、齢十八にして単身母国を離れロイセン王国に移住した。故郷で盛んなガラス産業を、大陸に広めるためだった。

そして数年後、自らが切り盛りするガラス工房にて、領土を視察中のウィシュタット伯爵に見初められたそうだ。

アメリの母に入れあげたウィシュタット伯爵は、口実を作っては彼女のもとへ足しげく通い、関係を結んだ。やがて生まれたのが、アメリというわけだ。

母のことを気やすめの愛人程度にしか考えていなかったウィシュタット伯爵は、アメリを認知しようとはしなかった。そのため母は、伯爵の援助に頼ることなく、女手ひとつでアメリを育て上げた。

だが、アメリが十歳の時に母は突如帰らぬ人となった。

それを機に、アメリがウィシュタット伯爵の隠し子であることが周囲に知れ渡る。結果としてウィシュタット伯爵は、仕方なくアメリを第四令嬢として伯爵家に迎え入れたのだった。

三人の姉と伯爵の正妻は、突如現れた愛人の娘を当然快くは思っていなかった。執拗《しつよう》ないびりを毎日繰り返し、アメリを苦しめた。

アメリにだけ粗末なドレスを着せ、『魔女』や『貧乏人』などと心無い言葉を日常的に浴びせた。まるでアメリがいないかのように、数日間無視をされることも度々あった。

水をかけられたり、持ち物を隠されたり、理不尽な噂を流されたり、挙げればきりがないほどだ。

実の娘とはいえ、ウィシュタット伯爵はアメリに特別な情は抱いていない。むしろ自らの経歴に泥を塗った厄介者として、存在を疎んじていた。だからどんなにアメリが虐げられていようと、助ける素振りは見せなかった。

そんなアメリの唯一の味方が、ヴァンだった。

彼は使用人にすら虐げられているアメリに、ことあるごとに優しく声をかけてくれた。冗談を言って笑わせ、つらい日々を過ごすアメリの心を和ませてくれた。

ヴァンがいなければ、アメリの生活は何倍も苦しいものになっていたに違いない。

「アメリ様、差し出がましいようですが……」

ヴァンの足音が止まった。

それに気づいたアメリも歩みを止めると振り返り、神妙な面持ちの彼を見上げる。

「あなたのことは、実の家族のように大切に思っています。俺には、あなたと同じ年の妹がいましたので」

アメリは、ヴァンの過去を詳しくは知らない。だが、彼の父親が爵位を剥奪された背景には、何か複雑な事情が絡んでいることは知っていた。そして一家が離散した際、不慮の事故で妹が亡くなってしまったことも。

「だから、あなたには幸せになってもらいたいのです。どうか無理をせず、我慢の限界が来た時は教えてください」

「……ありがとう、ヴァン」

自分は幸せ者だと、アメリは強く感じる。

自分を大切に思ってくれる、頼もしい騎士がそばにいるのだから。

だが、アメリの母に頼れる味方はいなかった。

それでも弱音ひとつ吐かず、アメリに目いっぱいの愛情を注いでくれた。

母のことを思えば、今の状況などなんてことないように感じるのだ。

（お母さんのように、強くならなければ）

アメリは前に向き直ると、母親譲りのエメラルドグリーンの瞳で、進む先を強く見据えた。


アメリが案内されたのは、王宮内とは思えないほどみすぼらしい部屋だった。

薄汚れた壁に、カーテンすら吊《つ》されていない小窓。家具は、さびついた鉄製のベッドに粗末な椅子が一脚と、数着のドレスがどうにか収納できる箪笥《たんす》だけだ。

使用人部屋のほうが、まだマシなのではと思う。

自分の婚約者にこんな部屋をあてがうなんて、やはりあの王太子はどうかしている。

婚約者を手厚くもてなそうという心意気など、全くないのだろう。

「でも、悪くないわ」

アメリはベッドに腰かけると、ふう、と息を吐いた。だだっ広い王宮を歩き通しだったので、小さな部屋にいると妙に落ち着く。

飾りけのない椅子や機能性だけを重視した箪笥は、母と住んでいたかつての家を連想させた。母と過ごした幸せな日々が脳裏に蘇《よみがえ》り、温かい気持ちになる。小窓から入った光が、ベッドにひと筋の光を落としていた。

アメリは手を伸ばすと、右手の薬指にはめた指輪を光にかざす。

途端に輝きを増す、天色のガラス玉。

薄暗い空間だからこそ、より一層輝いて見えるのだろう。ガラス玉の輝きは、いつだってアメリに安らぎをくれる。いつしか、アメリの顔には笑みが浮かんでいた。

「気に入ったわ」

そこで、コンコンとドアをノックする音が聞こえた。

開ければ、レイモンド司祭がつらそうな面持ちでドア向こうに立っている。

「アメリ様、申し訳ございません。このような粗末な部屋しかご用意できなかったことを、お許しください。殿下のご命令でして、私にはどうすることもできないのです」

顔を合わせるなり、深々と頭を下げるレイモンド司祭。

アメリは、慌てて声を返した。

「レイモンド様、お顔をお上げくださいませ。私は、このお部屋のことをなんとも思っておりません。それどころか、気に入っているくらいですわ」

ニコリと微笑みかけると、銀縁眼鏡の向こうでレイモンド司祭は瞠目《どうもく》した。

「この部屋が、気に入ったとおっしゃるのですか?」

「ええ。静かなところも、窓から入る光の加減も気に入りました。もともと、豪華な部屋は似合わない性分ですの。このお城のどこよりも、落ち着くくらいですわ」

まじまじとアメリの顔を見つめるレイモンド司祭は、やがてアメリが心の底からそう思っていることを感じとったようで、表情を緩めた。

「それは安心いたしました。この部屋を見るなり腹を立て、逃げ帰った令嬢がふたりほどいましたので」

「ふたりも?」

なるほど、とアメリは思った。豪華な家具に囲まれ、もてはやされて育った令嬢にしてみれば、こんな部屋で寝起きすることは地獄に等しいのだろう。アメリの姉たちもそういう性分なので、わからないでもない。

「とにかく、ご心配なさらないでください」

アメリが再び笑みを見せれば、レイモンド司祭は穏やかに言った。

「あなたはお強そうだ。これまでの婚約者様方とは、雰囲気が違う。残念ながら、殿下はあなたをお気に召さなかったようですが……」

レイモンド司祭の声が、沈み込む。アメリは、彼女を見るなり『気に食わないな』と言ったカイルの声を思い出していた。

カイルも姉たちと同様、平民出であるアメリの品のなさが癪《しゃく》に障ったのだろう。

それからレイモンド司祭は、城での暮らしの注意事項などを丁寧に話してくれた。

「食事の時は呼びに参りますので、それまでゆっくりなさってください。困った時にはいつでも私に声をかけてくださいませ。できる限り、あなたのお力になりますので」

レイモンド司祭は、最後に再びつらそうな表情を残して部屋を去っていった。

ひとりになった部屋で、アメリはベッドに身を横たえる。

不安でどうにかなりそうだ。

けれども、他の婚約者たちのように、アメリはこの城から逃げるわけにはいかない。

伯爵家に戻っても、アメリを嫌っている義母と姉たちが歓迎してくれるわけがない。

アメリを厄介者扱いしている父にしろ然《しか》りだ。

絶対に、このままここに居残らねばならないのだ。

けれども、あの王太子に自分が受け入れられるなど到底考えられない。

(どうして、私はお母さんの娘なのに強くないのかしら……)

アメリの母は気丈な人だった。

父親不在のまま子を産んだため、世間から冷たい目で見られたこともあっただろう。

ガラス工房の経営は不安定だったし、生活だってギリギリだった。

それなのに、アメリは母が嘆いている姿を一度も見たことがない。

『どうして、お母さんはいつも笑っているの?』

昔、そんな質問をしたことがあった。

すると母は、ふふ、と柔らかく微笑んでこう言った。

『アメリ。それはね、いつも心に色を思い浮かべているからよ』

『色?』

『そうよ。色言葉といってね、色にはそれぞれ意味があるの。例えば、真珠《しんじゅ》色の色言葉は〝幸福〟。お母さんはね、いつも真珠色を心に思い浮かべている。だから幸福で笑っているのよ、アメリ』

色彩に精通していた母は、故郷に伝わるさまざまな色言葉をアメリに教えてくれた。

母から色言葉の話を聞くのが、アメリは好きだった。

色に意味があるなんて、不思議。

その色を思い描くだけで気持ちが変わるなんて、まるで魔法のよう。

「真珠色は、幸福の色……」

アメリは目を閉じると、白よりも少し黄みがかった真珠色を心に思い浮かべた。

淀《よど》んだ胸の内が洗われ、みるみる真珠色に染められていく。

いつの間にか、羽が生えたかのように気持ちが軽やかになっていた。

「お母さん、ありがとう……」

もうこの世にはいない母に礼を述べながら、長旅の疲れを癒やすため、アメリはそのまましばらくの眠りについたのだった。

天色の奇跡

婚約者として相手先に赴く際に課せられるのは、普通であればその土地の歴史やしきたりの勉強、もしくは新しい家人との交流が主だろう。

ましてや小国なりにも王国に嫁ぐからには、勉強やお稽古ごとがみっちり待っているものと思っていた。

だが翌日からアメリに課せられたのは、侍女たちがしていることと、なんら変わりのない雑用ばかりだった。

部屋の掃除に、庭の手入れ。時には、厩《うまや》で馬の世話までさせられる。

与えられる衣服も動きやすくて地味なものばかりで、色とりどりの煌びやかなドレスとは無縁の生活だった。

「申し訳ございません。これも、すべて殿下のご命令でして……」

三日目の昼下がり。アメリが王の間へと続く螺旋《らせん》階段の手すりをせっせと雑巾がけしていると、通りかかったレイモンド司祭が心底申し訳なさそうに頭を下げてきた。

「謝らないでください。私、掃除は好きですから」

アメリは、なんてことないように微笑んだ。

ウィシュタット家でも侍女まがいの家事をやらされていたので、掃除には馴れている。小言をこぼしてくる義母や姉たちがいない分、のびのびとできるくらいだ。

そんなアメリを見て、レイモンド司祭は感心したように「これは、頼もしいですな」と目を細めた。

「馴れない雑用仕事に音《ね》を上げ、逃げ出した令嬢もふたりいましたから。ここまで耐えられたのは、あなたが初めてです」

そこに、足音とともに階段から人影が下りてくる。

銀色の鉄兜を被った長身の男が、アメリを見下ろしていた。

慌てて頭《こうべ》を垂れるレイモンド司祭に倣《なら》い、アメリもスカートをつまんで礼をする。

それは、三日ぶりに見るカイルだった。

カイルは、何も言わずにふたりの前まで歩んでくる。

藍《あい》色の上衣には、肩と胸だけを防御する簡易的な鎧《よろい》を身につけている。下半身は、漆黒の細身のズボンに同色のロングブーツという装いだった。銀色の剣の鞘《さや》が、見る者を威嚇するように腰で光っている。

訓練中でもないのに鉄兜を被っているのは、改めて見れば異様な光景だ。

（この人は、どうしていつも鉄兜を被っているの？　それほどまで、ご自分の顔に自信が持てないのかしら）

カイルの姿を瞳に映しながらアメリが素朴な疑問を抱いていると、同様にアメリを凝視していたカイルが口を開いた。

「お前、まだいたのか」

来たばかりの婚約者にかけるものとは思えない、ぞんざいなセリフだ。

負けるものか、とアメリは笑顔を作った。

「はい、殿下。おかげさまで、有意義な毎日を過ごさせていただいております」

意表を突かれたかのように、鉄兜の王太子は押し黙る。

「有意義な毎日だと？　あの部屋は、窮屈ではないのか？」

「はい。小ぢんまりとして、とても落ち着く広さにございます」

「掃除は？　苦痛ではないのか？」

「掃除は、子供の頃より大好きでございます」

飄々《ひょうひょう》としたアメリの返答に、再び王太子は口を閉ざした。

イラ立っている気配が、鉄兜越しに伝わってくる。

「……お前、聞いていないのか？」

「何をでございますか？」

「俺に関する悪評だ」

アメリは、一瞬ドキリとした。

彼女の変化を見過ごさなかったカイルが、鉄兜の向こうでクスリと笑う。

「知っていて婚約を受けたのか。愚かな女だ」

伸びてきたカイルの指が、アメリの顎先をつかんだ。

「俺に情けはない、ほかの男と同等に考えるな。平気で女を傷つけることもできる」

ぞくりと背筋が震えるような、冷たい声だった。怯《おび》えを隠しきれずにいるアメリをさらに嘲笑するかのように、鉄兜の向こうから微かな笑い声が漏れた。

まさに、悪魔の笑い声。

顎先から手を離すと、立ち尽くすアメリをそのままに、カイルは悠々とその場を立ち去る。

通りかかった召使いたちが怯えるように立ち止まっては、悪魔の異名を持つ王太子に向かってしきりに頭を垂れていた。

「申し訳ございません……！」

カイルの姿が見えなくなってから、レイモンド司祭が大仰に腰を曲げ謝ってくる。

「殿下は、昔からああいうお方なのです。人を寄せつけず、悪態を吐いてばかりおられる。神の教えを賜った身として、他人を無下に扱ってはいけないと幾度も諭したのですが、全く聞く耳を持ってはくださらないのでございます。陛下も私も、ほとほと手を焼いておりまして……」

レイモンド司祭の言葉を耳にしながら、アメリは先ほど聞いたカイルの声を思い出していた。

なんて冷たい声なのだろう。

温もりの欠片もない、尖《とが》った空気。全力でアメリを拒絶しているのが、如実に伝わってきた。

(怖い。できるものなら逃げ出してしまいたい)

あんな氷の刃のような男と一生を添い遂げるなど、到底考えられない。

込み上げてきた気持ちを落ち着かせようと、アメリは右手にはめた指輪に触れた。

逃げたくても、彼女に逃げる場所はないのだから。

「アメリ様。なかなか会いに来ることができず、申し訳ございません」

その日の夕食後。食堂でひとりきりの食事を終え、部屋に戻るために歩んでいると、食堂から居館へと続く廊下でヴァンがアメリを待ち伏せしていた。

「ヴァン……！」

彼はアメリの護衛としてこの城に来たのだが、敷地内の端にある騎士団の寄宿舎に泊まることを強要され、めっきり姿を見なくなっていた。

数日ぶりに会えたのが嬉《うれ》しくて、アメリはすぐにヴァンのもとへ駆け寄る。

アメリの顔を見るなり、ヴァンは眉根を寄せた。

「アメリ様。少し、お痩せになったのではないですか？」

「……そう？　暗いから、そう見えるだけじゃないかしら」

ヴァンに心配をかけたくなくて、アメリは笑ってごまかした。

実際はこの城に来てからというもの、アメリの食欲は日に日に減退していた。今日の夕食もパンを少しかじっただけで、メインディッシュとスープにはほとんど手をつけていない。

「それに、その格好……。まるで、召使いの着る服じゃないですか」

「そう？　動きやすくて、結構気に入っているのよ。ヴァンのほうはどう？　強くて素敵な騎士様が入られたって、侍女たちが騒いでいたのを聞いたわ」

ウィシュタット伯爵家で騎士として活躍していたヴァンは、即戦力として日がな一日騎士団とともに訓練に励んでいた。敵対しているハイデル王国が不穏な動きを見せている今、この国の騎士たちは朝から晩まで訓練に明け暮れている。

「俺のことより、あなたのことです。あの悪魔に、ひどい目に遭わされていやしませんか？」

「……いいえ。大丈夫よ」

アメリは、できるだけ明るく振る舞う。

「本当は逃げ出したい」などと吐露したら、自分を妹のように大切に思ってくれているこの騎士は、どうにかしてアメリをここから連れ出そうとするだろう。

ヴァンには、絶対に迷惑をかけたくない。

そんなアメリの心情に気づいているのか、ヴァンは物言いたげに押し黙ると、それ以上深くは追求してこなかった。

アメリが城に来て、七日目のことだった。

その日、アメリは薪を運ぶために納屋へ向かっていた。青空が広がり、うららかな春の陽気が辺りに満ちている。両側に芝生が広がる道を、押し車をカラカラと押しながら歩んでいく。

しばらくすると芝生に大勢の人影が見え、剣と剣のこすれ合う音や、威勢のいいかけ声が響いてきた。ロイセン城の騎士たちが、汗をまき散らしながら剣を振りかざし、実践稽古に励んでいる。

(ヴァンはいるかしら……?)

彼を求めて、自然とそちらに目がいってしまう。暇を見つけてヴァンはアメリの顔を見に来てはくれるが、一日の大半を別々に過ごす日々が相変わらず続いている。

重そうな鎖帷子《かたびら》や鎧を身につけ、力の限り剣をぶつけ合っている男たちをひとりひとり見分けていくうちに、アメリはぎくりとして足を止めた。

大勢の騎士たちの中に、カイルと思しき鉄兜の男を見つけたからだ。

訓練中のことなので、ほかにも鉄兜を被っている騎士はいるのだが、抜きんでてスラリと均衡のとれた体躯《たいく》には見覚えがあった。以前会った時と同じ藍色の上衣に簡易的な鎧という出で立ちで、カイルは三人の騎士の相手をしているところだった。

(まさか、ひとりで同時に三人の相手をするの……?)

思わず目が釘《くぎ》付けになる。三人の騎士たちはじりじりとカイルに迫っているが、カイルは怯む様子もなく、片手で剣を構え冷静に彼らの出方をうかがっていた。

ひとりの騎士が、カイルに斬りかかった。カイルは素早い身のこなしで剣を払いのけると、ほぼ同時に襲いかかってきた別の騎士の剣をも振り払う。

——キン、キンッ！

ひと際高い剣の音が、天高く響き渡る。

周囲にいた騎士たちも稽古の手を止め、カイルの動きに目を奪われていた。

「わぁぁぁ！」

最後の騎士が雄たけびをあげ、カイルに向かっていった。

だがカイルは、騎士の渾身《こんしん》のひと太刀を容赦なく弾き飛ばす。

宙に放り出された彼の剣は、勢いそのままにグサリと地面に刺さった。

近くにいた騎士たちが、恐れおののいた視線をカイルに送っている。

彼に打ち負かされた三人の騎士は、圧倒のあまり、もはや動く気力もないようだ。

カイルはそんな彼らを見下げるように首を傾《かし》げると、「練習不足だな」と言い捨て剣を鞘にしまう。

（なんて強さなの……）

素人のアメリから見ても、カイルの剣の腕前は一流だった。男らしく筋肉質な腕に、鍛え上げられた胸板。あれほどの腕力と俊敏さを手に入れるには、幼い頃から相当稽古を積んできたのだろう。

呆気《あっけ》にとられ、押し車を手に立ち止まっていたアメリは、そこでハッと我に返る。カイルが、アメリのほうへと近づいてきたからだ。

けれども彼はアメリには気づかず、稽古中の少年騎士たちの前に歩んでいく。

ロイセン城には、数十名の騎士見習いの少年たちがいる。年は九歳から十四歳ほどで、見習いを経て少年たちは正式に騎士団への加入が認められるのだ。騎士見習いのうちは小姓の役割も担っているため、王宮内で見かけることも多い。

「えいっ！　やっ！」

一列に並んだ少年騎士たちは、高いかけ声をあげながら、懸命に剣の素振りに励んでいる。アメリは、その一番端にアレクがいるのを見つけた。

アレクは、小姓としてアメリの世話を任されている少年だった。といってもアメリは侍女に等しい扱いを受けているので、アレクがするのは食事を呼びに来たり部屋のシーツを運んでくれたりといった簡易的な用事だけだ。

猫っ毛の薄茶色の髪につぶらな瞳をしたアレクは、いつもおどおどとしていてアメリと目を合わせようともしない。少年騎士団に加入しているからには九歳を超えているはずだが、身体の大きさ的には七歳ほどにしか見えなかった。

体格のよい少年たちが並んでいる中にいると、アレクはより小さく見えた。剣が重いのか、ひと振りひと振りがやっとの状態で、声もほとんど出ていない。そんなアレクをバカにするように、ほかの少年たちが時折クスクスと笑っている。

少年たちの素振りをひとりずつ眺めていたカイルは、やがてアレクの前で足を止め、不格好に剣を振るう少年をじっと見つめた。

悪名高き王太子の視線に委縮したのか、アレクはより一層懸命に剣を振りはじめた。けれども足はもつれ、振れば振るほどに軌道はふにゃふにゃと乱れていく。

その様子を見て、ほかの少年たちはどっと大声で笑いだした。

「さすが弱虫アレクだ」

「あいつ、目障りだからさっさと辞めればいいのに」

心無い声が、ヒソヒソと囁かれる。

「お前、やる気はあるのか？」

アレクを見据える鉄兜の向こうから、冷ややかな声がした。

アレクは剣の手を止めないままに、怯えたように鉄兜の王太子を見上げ、ブンブンと頷《うなず》く。

「やる気があって、それなのか？」

「……はい」

すると突如、カイルは腰に差した剣を抜いた。そして、勢いよく剣を振り下ろし、アレクの剣をビュンと払った。

アレクの小さな手から離れた剣が、無残に地面に転がる。

その様子を、アレクは震えながら見ていた。

「お前に剣は向いていないな」

年端もいかない子供相手でも容赦のない悪獅子は、追い込まれた鼠《ねずみ》のように怯え切っているアレクに、追い打ちをかけるような声を投げかける。

（非力な子供相手に、なんてことを……）

黙って事の成り行きを見守っていたアメリだったが、我慢の限界だった。気づけば押し車をその場に放り出し、アレクのそばに駆け寄っていた。そして、震える少年を魔の手から遮るように背中で庇《かば》う。

「恐れながら、殿下。この子はまだほんの子供です。このような仕打ちは、いくらなんでもやり過ぎにございます」

突然のアメリの出現に、カイルは驚いたように口を閉ざした。

けれどもすぐに、アメリを侮蔑するような言葉を発する。

「お前、まだいたのか」

アレクに向けられたものとは比較にならないほど、ぞっとする冷え切った声だった。怖がってはダメだと自らを戒め、アメリはキッとカイルを睨《にら》む。

すると、カイルは手にしたままの剣を今度はアメリに向けて突き出した。

想像を絶する光景に、辺りの騎士たちが青ざめ一斉にざわついた。

カイルは、アメリの頬に触れるほど剣を近づけてくる。

背筋が凍るような冷たい感触に、アメリは全身を引きつらせた。

「生意気な女だ。初めて見た時から、今までの女の誰よりも気に食わなかった」

切っ先が、アメリの皮膚を傷つけないギリギリの近さで頬から首筋へと流れ、粗末なドレスの胸元にさしかかる。

「今すぐにその服を切り裂いて、この場にいる全員に醜態を晒《さら》してやろうか。それとも、その顔に醜い傷をつけてやろうか」

あまりの恐ろしさに、アメリは身じろぐことすらできない。

細切れになる息遣いを押し殺し、表情の見えない鉄兜を凝視するのが精いっぱいだった。

──悪魔。

目の前にいるこの男は、正真正銘の悪魔だ。

無慈悲で、優しさの欠片もない。

だが、アメリは屈しなかった。

（怯んでは負けよ……）

心の中で幾度も自分自身に言い聞かせ、唇を噛みしめて目の前の悪魔を睨み続ける。

「……図太い女だ」

頑としてアレクを庇い続けるアメリに業を煮やしたのだろう。やがてカイルは、呆《あき》れたようにもイラ立ったようにも聞こえる声を出し、アメリの身体から剣を離した。

そして、もう興味がないとでもいうように、くるりと身を翻しアメリから離れていく。

頃合いを見計らって、ヴァンがアメリのそばへと駆け寄ってきた。

「アメリ様、大丈夫でしたか？」

「ええ、大丈夫よ……」

心臓はまだドクドクと音を響かせてはいるが、ヴァンに心配をかけまいと、アメリは必死で笑顔を作った。そんな彼女を、ヴァンはまた煮え切らないような顔で見つめていた。

（もう、限界なのかしら……）

その夜、自分の部屋のベッドに横たわりながら、アメリは思案に暮れていた。

小窓から月明かりさえ入らない、ひどく暗い夜だった。

完全なる闇の中にいれば、不安が何倍も募る。

あの悪魔のような王太子に、寄り添える自信などもはや皆無だ。

そもそもカイルはアメリを婚約者として受け入れていないし、おまけにひどく嫌っている。さらには、今までの婚約者の中で一番気に食わないらしい。

「お母さん、どうしたらいいの……」

すがるように、今は亡き母へ問いかける。

もちろん返事はあるはずもなく、吐き出された嘆きは闇に虚しく消えただけだった。

——ギイ……。

その時、突如部屋のドアが大きく開いた。

微かな足音を鳴らしながら、人影がアメリのもとへ近づいてくる。

驚きのあまり、アメリはベッドの中で金縛りにあったように動けなくなった。

真っ暗闇のことなので、入ってきた人間の姿形はおろか、男か女かも判別できない。

だが、確かな人の気配だけははっきりと感じる。

——ギシリ。

ベッドの軋《きし》む音とともに重みを足もとに感じ、アメリはおののいた。恐怖のあまり悲鳴をあげることすらできない。

「めでたい女だ」

闇にぽつんと響いた声に、アメリはこれ以上ないほど目を見開いた。

それが、カイルの声だったからだ。

「そんなに母親が恋しいなら、さっさと故郷に帰れ」

殺伐とした声が、アメリの顔のほうへと近づいてくる。

いつの間にかカイルは、彼女の身体の上に完全に覆いかぶさっていた。

アメリの全身をすっぽり包み込むほど大きな彼のシルエットが、ようやく闇に浮き彫りになる。

どうやら今は鉄兜を被っていないようだが、ひどく暗いせいで顔は見えない。

「それでも帰らぬのなら……」

耳元に、息がかかった。

「……強引に傷つけ、帰すまでだ」

「何を……っ」

唐突に両腕をつかまれ、シーツの上に縫いつけられた。

抵抗しようにも、鍛え上げられたカイルの腕はアメリの非力ではびくともしない。

恐ろしさに、アメリの瞳に涙が滲む。

そんな彼女を嘲笑うように、闇にうっすらと見えた口が、微かな笑みを浮かべた。

「……っ！」

ほどなくして、首筋に未知の感触が走る。カイルの唇が触れたのだ。

「おやめください……っ」

ぞっとするような冷たさに、全身が震えた。だがどんなにあがいても、両手を完全に固定され、足もがっちりと絡みつかれていてはどうにもならない。抵抗できない状態とは、こんなにも恐ろしいものなのかとアメリは怯える。

なだらかな首をなぞるように舌を這わせたカイルは、今度は鎖骨の上辺りに唇を落とした。がんじがらめにされた身体は、やはりびくともしない。

「ああ……、どうか……」

次第に涙で枯れていく、アメリの細い声。

宵闇の中、見知らぬ男たちに囲まれ、身動きの取れなくなった母の姿が脳裏に蘇る。

「……どうした？　諦めたのか？」

アメリが抵抗をやめると、カイルも動きを止めた。

「わかったなら、さっさと荷物をまとめて母親のもとへ帰れ」

アメリの瞳から溢《あふ》れた涙が頬を伝い、乱れたシーツに流れ落ちる。

「帰っても母はいません。私が子供の頃に亡くなったからです。あの家に戻っても、私を待っているのは私のことを快く思っていない方ばかりです」

アメリの手首をつかんでいるカイルの手の力が、心なしか緩んだ気がした。

「母は……」

鮮明に蘇った昔の記憶に、アメリは打ち震えていた。

あの時の恐怖は、この先も一生涯忘れることはないだろう。

「ハイデル王国の強盗集団に襲われ、抵抗できぬまま殺されたのです」

弱小国であるロイセン王国は、ハイデル王国側の人間から蔑みの目で見られている。国境付近では、ハイデル王国の集団によるロイセン王国の民衆を狙った強盗事件が頻発していた。

アメリの母も、その被害者のひとりだった。

さらに運が悪いことに、アメリの母は突き飛ばされた際に強く頭を打ち、そのまま帰らぬ人となってしまった。アメリは大急ぎで近くの民家に駆け込み助けを呼んだが、戻った時にはもうすべてが手遅れだったのだ。

母が精魂込めて仕上げたガラス細工を、注文先に届ける道中での出来事だった。

死に物狂いでアメリを逃がした母の悲痛な叫びを、アメリが思い出さない日はない。

アメリの両手を拘束していたカイルの手が離れていく。

そして、ゆっくりとアメリの身体から身を起こした。

しばらくの間カイルはそのまま動かなかったので、嗚咽《おえつ》を漏らしながら涙を流すアメリを、呆れたように見下ろしていたのかもしれない。だが、暗がりのことなので真相はわからなかった。

やがてカイルはベッドの下へ足を下ろすと、何も言わないまま部屋から出ていった。


翌朝。

小窓から入り込む光に起こされ、アメリは腫れぼったい瞼《まぶた》を上げた。

昨夜、カイルがいなくなってからも泣き続けているうちに、いつの間にか眠ってしまったようだ。

重だるい身体をどうにか起こした途端に、昨日の恐ろしい出来事を思い出す。

カイルはアメリの自由を奪い、恐怖心を植えつけた上で襲おうとした。

あれが、悪魔と呼ばれる男の本性なのだろう。

人を人とは思わない。女を女として扱わない。

すべてを力ずくでねじ伏せ、情け容赦なく奪う野獣だ。

（でも……。あの人は、最後まで私を襲おうとはしなかったわ）

ズキズキと痛む頭を押さえながら、アメリは思いを巡らせる。

身体を固定され、数ヵ所に唇を寄せられたものの、カイルはそれ以上のことはしてこなかった。

さめざめと泣きだしたアメリに興ざめしたのか、急に気分が変わったのか。理由はわからないが、カイルが彼女に本当の意味で乱暴を働かなかったのは事実であり、唯一の救いだった。

（あの人の心の中には、良心が眠っているのかもしれない）

まるで曇天の夜空に星を探すような、小さな望みだ。

けれどもここから逃げ出すことのできないアメリにとって、その考えは唯一の希望の光だった。


昼を過ぎると、アメリは中庭の掃除を言い渡された。

老朽化した要塞城であるロイセン城にも、見張りの常駐する塔と居館の間に、わずかではあるが美しい庭がある。女神像の持つ瓶から水が滴《したた》り落ちる噴水の周りには、色とりどりの春の花々が咲き誇っていた。

箒《ほうき》を手にアメリが中庭に行くと、噴水の脇に座っている騎士見習いのアレクを見つけた。背を丸め、難しそうな背表紙の本を読みふけっている。

アメリは、すぐにアレクに声をかけようとした。カイルに冷たくあしらわれ、傷ついてはいないかずっと気がかりだったのだ。

だが、アメリが行くよりも早く、数名の少年騎士たちがやってきて彼を取り囲んだ。休憩時間で、暇を持て余しているのだろう。

「弱虫アレクだ。こいつ、また本なんか読んでやがる」

「ネクラだな」

「落ちこぼれのクセに、こんなところで油を売っていいのかよ」

そのうちに、少年たちの嫌がらせがはじまった。ひとりの少年がアレクの手から本を取り上げると、彼をからかうように仲間うちで投げ合う。

「お願い、返して……っ！」

小さなアレクが必死に両手を伸ばして本を追いかければ、少年たちはケタケタと嫌な笑い声を響かせた。

（なんて悪ガキどもなの……！）

見ていられなくて、心の内で令嬢らしからぬ悪態をつくアメリ。木の陰から飛び出し、少年たちを追い払おうと決意した時のことだった。

「何をやっている？」

聞き覚えのある声が、どこからともなく少年たちに投げかけられる。

相変わらず鉄兜で顔を隠したカイルが、見張り塔の入口から姿を現した。

アメリは、慌てて再び木陰に隠れた。

唐突なカイルの登場に、アレクをはじめ、少年たちは皆青ざめ静まり返っている。

「騒いでいたのは、どいつだ？」

少年たちの目の前まで歩み寄ると、カイルは全員をねぶるように眺め回した。

「そ、それは……」

彼だけが持つ独特の威圧感に、先ほどまでアレクをいじめていた少年たちは震え上がり生気を失っていた。互いに罪を擦りつけ合うように、瞳を泳がせ視線を交わし合っている。

そんな少年たちをじっとりと一瞥《いちべつ》したあと、カイルはより低い声を出した。

「俺は騒がしいのが嫌いなんだ。知っているか？」

「し、知っております……」

「なら、さっさとここを離れろ」

「は、はい……っ！」

蜘蛛《くも》の子を散らすように、カイルのもとから逃げ出す少年たち。皆が皆、揃いも揃って泣きそうな顔をしている。悪獅子の悪名は、子供の間でもすっかり浸透しているらしい。

地面に落ちた本を急いで拾うと、アレクも彼らのあとを追うようにカイルから離れようとする。ところがカイルは、「お前は行くな」とアレクの首根っこをつかんで引き留めた。

幼いアレクの顔が、みるみる血の気を失っていく。

また怒られると思っているのだろう。

ところが、カイルは強引にアレクの顔を自分に向けると、アメリが思ってもいなかった質問を繰り出した。

「お前、名前は？」

鉄兜で顔の見えない男に、見つめられるのは恐怖だろう。

中身が非道な王太子だと知っているならなおさらだ。

アレクは金魚のようにぱくぱくと口を動かし、声にならない声をあげた。

どうやら、怯え切って言葉が出ないらしい。

すると、不意にカイルが自分の鉄兜に触れ、目元を覆っている部位を引き上げる。

カイルはいつも鉄兜で自分の顔を隠しているので、顔の一部分を見るのはおそらく初めてなのだろう。アレクはハッとしたような表情をしていた。

「よわむし……アレクです……」

やがて、か細い声でアレクは答えた。

かわいそうに、と木陰から見ていたアメリはやるせなくなる。弱虫アレクと仲間から罵られ続け、少年はそれが自分の名前だと思い込んでいるのだ。

するとカイルは語気を強め「それは、本当の名前ではないだろう」と言った。

「ここに来る前まで呼ばれていた、お前の本当の名前を聞いているんだ」

アレクは小さな目で、きょとんとカイルを見つめた。

それから、思い出したかのように声を出す。

「アレクサンダー・ベル……」

アレクの返事を受け止めたかのようにしばらく押し黙ってから、カイルは自分の懐に手を忍ばせた。取り出したのは、古びた銅製の鍵だった。

「アレクサンダー。これを受け取れ」

「これは……？」

「図書館の鍵だ。お前は本が好きなのだろう。いつも、この場所で本を読んでいる」

アレクが息を呑んだのが、ふたりからは離れた場所にいるアメリにもわかった。

「お前に剣術は向かない、もう訓練には来るな。その代わり、今からは図書館主の手伝いをしろ。この先ずっとだ」

「……いいのですか？」

「俺がいいと言ったらいいに決まっているだろう。図書館主ももう老いぼれだし、そろそろ代わりが必要だと思っていたところだ」

アレクの顔に、みるみる光が射していく。

アメリは、無色のガラスに鮮やかな色が絵付けされていく様を思い出した。

色のないガラスは、色を得た瞬間に今までにはなかった輝きを放ちはじめる。

アレクの表情の変化は、それに似ていた。

「お、王太子様……。ありがとうございます……！」

見たこともないような子供らしい無邪気な笑顔を見せたあと、アレクはしっかりと鍵を握り締め、図書館のほうへと走りだした。

足取りは生き生きとしていて、今までの覇気のない少年とはまるで別人のようだ。

噴水に腰かけ、カイルはいつまでもアレクの消えていった方向を見ていた。

予想もしなかった光景を目《ま》の当たりにしたせいか、アメリの胸はトクトクと鼓動を速めている。

(あの人は、本当に悪魔なのかしら……?)

昨日アレクに冷たい態度を取ったのは、騎士に向いていないことを身を持って教えたかったからなのだろうか。

皆に弱虫アレクと罵られていたアレクを、カイルはアレクサンダーと実名で呼んだ。

そしてアレクが本好きなことを知っていて、彼に適切な役割を与えた。

やることは乱暴で口も悪いが、その一連の行動は、小さな少年に対する思いやりで溢れている。

悪魔と呼ばれる表の顔と、ぶっきらぼうでも小さなものを労わる裏の顔。

カイルの二面性の激しさに、アメリの頭は混乱する。

(あの人は、どういう人なの……?)

と、その時。

——カタンッ!

足もとから響いた音に、アメリはビクッと肩を上げた。

どうやら、気が緩んだ隙に手を滑らせ箒を倒してしまったようだ。

しまった、と思った時にはすでに手遅れだった。

噴水に腰かけたカイルが、こちらに顔を向けていたからだ。

「ご、ごめんなさい……！　ここの掃除をしていただけで、覗くつもりじゃなかったんです……！」

カイルの別の顔を見たとはいえ、彼に対する恐怖心は拭えていなかった。

カイルが、思いもしないほど優しい心を秘めているのはわかった。

だが、その優しさはアメリには向けられることはないだろう。アメリは、心底彼に嫌われているからだ。

アメリは、箒を拾うとすぐに中庭から立ち去ろうとした。

掃除は、時間を置いてまたしに来たらいい。

ところが、踵《きびす》を返した背中に思いもしなかった声が投げかけられる。

「こっちに来い」

アメリは、恐る恐る後ろを振り返った。

噴水に座ったままのカイルは、鉄兜のせいで判然とはしないが、おそらく彼女を見ているようだ。

「私に言ったのですか……?」

「お前以外に誰がいる」

カイルの口調が、イラ立ちを含んだものに変わる。

アメリは慌てて箒を木に立てかけると、ゆっくりと彼に歩み寄った。

アレクに見せていた目元部位は、再び鉄兜で覆い隠されていた。目前で足を止めた彼女に、見えない顔がじっと視線を注ぐ。

長い沈黙が訪れた。

そのうちに、騎士たちが剣をぶつけ合う音が遠く聞こえだす。

休憩が終わり、訓練が再開されたのだろう。

アメリに近寄れと指示したものの、カイルは何かを告げる気配がない。

このままでは次の仕事に差しさわりが出てしまうと、アメリはだんだん不安になってきた。彼女に課せられた雑用は、山ほどあるのだ。

「あの……」

「昨日は、すまなかった」

タイミングがいいのか悪いのか、勇気を振り絞って出したアメリの声とカイルの声が重なった。

アメリは、耳を疑った。

(昨日のことを、謝っていらっしゃるの……?)

驚きのあまり、声を返すことができない。

けれども、カイルはそれ以上言葉を繋《つな》ぐ雰囲気ではない。

(聞き間違いかしら……?)

アメリは、噴水に腰かけたカイルの手元に視線を落とす。

膝の上で行き場をなくしたように不自然に動く指先が、彼の動揺を物語っていた。

おそらく、他人に謝ることに馴れていないのだろう。

(はっきりとは聞こえなかったけれど、やはり謝ってこられたのだわ……)

「もう去ってよい。お前が去らないなら、俺が去る」

イラついた口調で、カイルが言う。立ち上がろうと背を屈めた彼を、アメリは咄嗟《とっさ》に「お待ちください」と引き留めていた。

「なんだ? もう、お前に用はない」

いつもと変わらない、刺々しい口調。

だが彼女は、たしかに先ほどカイルが心を開いてくれたのを感じた。

ほんの小さな変化だ。

ただの気まぐれの可能性もあるし、アメリに好意を持ってくれたわけでもないのもわかっている。

それでも、悪魔と呼ばれ畏怖されている彼の心の内を垣間見るなら、今しかないと思った。

だから、賭けに出ようと心に決めたのだ。

「私は、あなたを許しません」

一瞬の硬直ののち、不意をつかれたようにカイルが顔を上げる。

「……なんだと？」

「あなたが昨日私にした行為を、そのような短い謝罪だけで許すことはできません。私は、あなたに深く傷つけられました。けれど……」

本当は、怖い。

もしも、いまだかつてないほど怒らせてしまったらどうしよう？

彼は迷いなく、その腰に差した剣でアメリを斬りつけるかもしれない。

彼が、噂通りの悪名高き王太子ならば――。

「……もしもその鉄兜を脱ぎ、私にお顔を見せてくださるのであれば、許すことも考えましょう」

銀色に光る鉄兜の向こうで、カイルがアメリを深く見入るのがわかった。

彼女は乱れ打つ心臓に気づかれないよう、精いっぱい平生を装った。

口元を引き結び、視線がぶれないように瞳に力を込めて、座っているカイルに意識を集中する。

永遠に続くのではないかと思うほど、長い沈黙が訪れた。

やがて彼は、アメリを責め立てるように低い声を出した。

「お前、自分が何を言っているのかわかっているのか？」

「わかっております。太った牛でも、私は許容範囲でございます」

「太った牛？　なんのことだ？」

カイルの声が、さらに低く凄む。

余計なことを言ってしまったわ、とアメリは後悔した。

この様子だと、鉄兜を取ってはくれないかもしれない。

けれども、素顔を知らずにどうして彼のことを知ることができるだろう？

その時、諦めたようにカイルが鉄兜に手を伸ばした。

あっと思った時にはもう、重厚な鉄兜は彼の頭から剥ぎ取られていた。

長い間鉄兜の内に収めていた頭が急に外気に晒されたので、不快だったのだろう。鉄兜を手に、カイルが軽く頭を振る。天高く昇る太陽が、彼の素顔を照らした。

瞬間、アメリは息を呑んだ。

カイルは、驚くほど整った顔立ちをしていた。

猛禽類《もうきん》を彷彿《ほうふつ》とさせる、猛々しい鳶《とび》色の髪。

鋭利な刃物のように鋭い切れ長の瞳に、品良くラインを描く鼻梁《びりょう》。

薄い唇は不機嫌そうに結ばれていたが、それでも見惚《みと》れるほどの美男だった。

けれどもアメリが目を奪われたのは、彼の顔そのものではなかった。

カイルの瞳は、母の形見の指輪と同じ、晴れ晴れしい夏の空のような天色だった。

天色は、多種多様な色彩の中でも色を出すのが一番難しいのだと、母は生前よく語っていた。

（天色……）

この色味を出すのに、定まった法則はない。

奇跡を待つしかない特別な色なのだと苦笑した母の顔を思い出す。

天色の色言葉は――〝希望〟。

「殿下は、どうしていつも鉄兜を被っておられるのですか……？」

問うと、カイルは露骨に表情を歪《ゆが》めた。
「お前に言うようなことではない」
素顔を見せても、カイルは相変わらずのカイルだった。
つっけんどんな物言いで、アメリから視線を背ける。
(この人は、心まで鎧で覆っているのね)
見えない鎧を脱がせるのは、鉄兜を脱がせる以上に至難の業《わざ》だろう。
アメリのほうを絶対に見ようとしない天色の瞳を、複雑な気持ちで見つめる。
(この人は、どうしてこんな哀しげな目をしているのかしら)
言葉や態度とは裏腹に、瞳が泣いていると思った。
それを隠そうと、心を鋭く尖らせているようにも見える。
まるで、傷ついた獣のようだ。
天色の瞳をした、人を寄せつけない、孤独な獣。
それは、ほんの出来心だった。
気づけばアメリは白い手を伸ばし、目の前にある鳶色の頭を胸に引き寄せていた。
そして、深く深く、愛《いと》しむように抱きしめる。
これ以上、この獣が孤独を噛みしめないように。

これ以上、この獣が傷つかないように。
「私は、あなたを許します」
もしもこの人が本当にこの国の〝希望〟ならば、私に何ができるだろう。
カイルを胸に抱きしめながら、アメリは考えていた。
悪魔と呼ばれる表の顔と、か弱きものを愛しむ裏の顔。
剣を振るう時の猛々しい所作、哀しい眼差し。
この獣は、アンバランスで危うい。
けれども彼は、選ばれた人間だ。
このまま朽ち果ててよい人間ではないと、アメリの直感が言っている。
『美しいものはね、普段は輝きを隠しているものなのよ』
懐かしい母の声が、耳に蘇る。
『その本当の美しさを引き出すのは、職人の腕次第ね』
胸元に、熱い息を感じた。
そこで、アメリはようやく我に返る。
(私、何をしているの……?)
慌ててカイルから身を剥がし、アメリはその場にひれ伏した。

そして、地面に鼻先が当たりそうになるほど深く頭を下げる。
「出すぎた真似をして、申し訳ございません……！」
今度こそ、間違いなく斬りつけられるだろうと思った。
珍しい天色の瞳を目にして我を忘れていたが、彼はあのカイル王太子なのだ。
〝悪獅子〟や〝悪魔〟と恐れられ、悪い噂の絶えない非道な男なのだ。
アメリが必死に謝っても、カイルは何も言葉を返してこなかった。
けれども噴水から離れる様子はなく、無言のまま座っている。
アメリは、怖々と顔を上げた。
カイルは、顔の半分を片手で覆いながらうつむいていた。
表情はよく見えないが、怒っているのだろう。
襟足まで伸びた髪の毛から覗く耳が、異様に赤い。
（どうしよう……）
怯えながら彼を見ていると、不意に目が合った。
だが、カイルはすぐにアメリから顔を逸らす。
「……もう行け」
投げ放たれたセリフは、相変わらず素っ気なかった。

アメリは慌てて立ち上がると、スカートの土埃《つちぼこり》を払い、立てかけてあった箒のもとまで歩み寄った。

カイルはアメリから顔を背けたまま、動こうとしない。

「失礼いたします……」

挨拶を残すと、箒を手に取り早々に中庭から退散しようとしたが、ふと思い直してカイルを振り返る。

「殿下。私は鉄兜を被っていないあなたのほうが、好きでございます」

出しゃばった真似をしすぎて、明日には死刑になるかもしれない。

そんなことを思いながら、アメリは居館へと続く回廊へと駆けていった。

不器用な純愛

翌日、目が覚めるなり、後悔の念がさざ波のようにアメリの胸に押し寄せた。

小窓から入り込む朝日に照らされた部屋で、ベッドに横たわったまま、わなわなと震える。

(どうして昨日の私は、あのようなことができたのかしら。殿下は、きっとものすごくお怒りだわ……)

鉄兜を取ってほしい、と懇願したことは後悔していない。

けれども、その後の行動——咄嗟にカイルの頭を抱きしめてしまったことは、思い出しただけで生きた心地がしなくなる。

昨日はあれから彼に会うことはなかったが、今日はどこかですれ違うかもしれない。対面した際、あの氷の刃のような王太子は、彼女に何を言うだろう?

城を出ていけと命ぜられるか、あるいはもっとひどい制裁が待ち受けているか。

恐怖心から、アメリは立ち眩《くら》みすらした。けれども、逃げ出すわけにはいかない。

どうにかベッドから身を起こすと、いつものシンプルなモスグリーンのドレスに着替えた。掃除や庭仕事にすぐ取りかかれるように、白いエプロンも腰に巻く。

背中までの髪は、動きやすいように後頭部で丸くまとめた。

居館を歩み、向かったのは王族専用の食堂だった。

侍女のような扱いをされてはいるが、一応は王太子の婚約者であるアメリは、食事はここでするように言われている。

とはいえ、雑用仕事を滞りなくこなすべく三度の食事は早めに摂るため、王やカイルに食堂で会ったことはない。金の燭台《しょくだい》が等間隔に並ぶ朱色のクロスに覆われた長テーブルで、ひとりぽつんと食べるだけだ。

「いただきます」

今朝のメニューは、白パンに魚介のスープだった。

食事を運ぶと給仕はすぐにいなくなってしまうので、正真正銘のひとりきりだった。ロイセン王国のシンボルである獅子の紋章の壁かけ布と向かい合うようにして、アメリはいつものように黙々と食事を口に運ぶ。

（相変わらず、孤独だわ）

ウィシュタット家でも基本ひとりで食事を摂っていたので、馴れてはいる。けれども、この食堂はウィシュタット家のそれとは比べものにならないほど広い。そのせいか、アメリは寂しく感じてしまうのだ。

そこで、背後にある扉が音をたてて開いた。

給仕が何かしに来たのだろうと考え、彼女は気には留めずに食事を続ける。

だが、ツカツカという足音とともに人の姿が視界に入るなり、アメリは持っていたスプーンを落としそうになった。

それが、鉄兜を被っていないカイルだったからだ。

彼は、アメリには目もくれずに最奥の席に座った。

獅子の壁かけ布の真下、長テーブルを挟んでアメリと対面する形で食事を待つ。

すぐに、怯えた様子の給仕が食事を運んできた。

中年のふくよかなその女は、食器をカイルの前に置いたあとで、目を瞬いて彼の顔を二度見した。鉄兜を被っていないカイルの姿に、困惑しているようだ。

「なんだ？」

「いっ、いえっ……！　なんでもございません……！」

鋭い瞳にギロリと睨まれ、給仕はせっつかれたように背筋を伸ばすと、そそくさとその場を離れた。

(こんな時間に朝食を摂られるなんて、どうされたのかしら？)

雑用仕事で一日が埋まっているアメリは、六時には朝食をすます。

王や王太子は、起床時間が早くとも七時と聞いた。

それから礼拝堂で祈りをすませるらしいので、朝食は八時頃のはずだ。

(今日は、何か特別なご用事があるのかしら……?)

そう思ったところで、アメリはハッと我に返る。

あろうことか、王太子が現れたというのに、いまだ挨拶もしていなかったからだ。

アメリは慌てて席を立つと、両手でスカートを持ち厳かに腰を落とした。

「おはようございます、カイル殿下」

彼は、スプーンを手にしたまままちらりとだけアメリに視線を向ける。

「ああ」

そしてひと言答えると、すぐに食事に戻った。相も変わらず素っ気ない。

(でも、ひどいことを言われなかっただけよかったわ)

昨日のことでどんな仕打ちを受けるのだろうとヒヤヒヤしていたが、この分だと処罰を受ける気配はない。冷たい態度なのには変わりないが、ひとまず安心していいのだろう。

(今日は鉄兜を被っていらっしゃらないし、もしかすると少しは心を開いてくれたの

かしら）

過度な期待をしてはいけないと思いながらも、ついそんな風に考えてしまう。

ぐるぐると思考を巡らすアメリのことは気にも留めずに、カイルは黙々と食事を続けていた。

どんなに悪名が横行していようと、さすが由緒正しい高貴な血筋を持つ王太子なだけあり、食事をする姿に品を感じる。

所作のひとつひとつが、優雅で美しいのだ。

だが、一緒に向かい合って食事をしていても、カイルがアメリに何かを話しかけることはない。

彼女のほうも、何をどう話しかけていいのかわからない。

会話のない食事が、こんなにもヤキモキするものだとはアメリは思わなかった。

相手が、悪名高い王太子ならなおさらだ。

気まずさを覚えながら彼女がぎこちなくちぎったパンを口に運んでいるうちに、カイルはあっという間に食事を終えてしまった。

結局、最初の挨拶以外はお互い全く言葉を交わさなかった。ものの十分ほどの短い時間だったが、アメリはその何倍も長い時間を、彼と過ごした気になっていた。

カイルは、食事を終えるなりすぐに椅子から立ち上がる。

けれども、どういうわけか一向に扉に向かおうとはしない。

違和感を覚えたアメリは、彼にちらりと視線を向ける。テーブルの前に立ち尽くしたまま、カイルは思案するように自分の顎先に手を当てがっていた。

（どうかされたのかしら）

不思議に思い、アメリはカイルを見つめた。

改めて見ても、綺麗《きれい》な顔立ちをした人だと思う。けれども美しさの裏には猛々しい男らしさも垣間見えていて、それが彼の魅力を絶妙に深めている。

醜男だという噂を流したのは、一体どこの誰なのだろう？

その人は、カイルの素顔を知らなかったのではないだろうか？

あまりにじっくりと彼の顔を眺めていたせいで、不意に目が合ってしまった。

途端にカイルは険しい表情になり、アメリから目を逸らす。

（顔が赤い……？　また、怒っていらっしゃるのかしら……）

不安を覚えていると、唐突にカイルが切りだした。

「……お前、好きな色はなんだ？」

アメリは目を丸くした。

「私に聞いていらっしゃるのですか？」

「お前以外に、誰がいる」

カイルの唐突な質問に、彼女は困惑した。少しは心を開いてくれた様子とはいえ、そもそもアメリを嫌っているはずの彼は、何ゆえアメリの好きな色など知りたがるのだろう。

どんなに考えても、その答えは出なかった。だから、とりあえず正直に答える。

「どんな色でも、好きでございます」

色彩に精通していた母とは、よく色の話をした。

そのことが懐かしく思い出され、温かい気持ちになる。

どんな色でも、素敵な意味がある。優劣はつけがたい。

だが、それはカイルの求めていた答えではなかったようだ。

彼は露骨に不機嫌な顔になると、棘のある口調で再び問うてくる。

「そういうことを聞いているのではない。好きな色をひとつ選べと言っているんだ」

「ひとつ、ですか……」

ますますカイルの意図がわからなくなったアメリは、エメラルドグリーンの瞳を瞬かせた。とにかく、好きな色をひとつに絞らなければいけないらしい。

「そうですね。しいて言うなら、水色でございます」

あなたの瞳のような、と言いかけてアメリは言葉を呑み込んだ。

出すぎたことをして、もう後悔したくない。

「水色か」

まるで自分に言い聞かせるように、カイルは呟いた。

そしてそれ以上は話を続けることもなく、もちろん去り際の挨拶もなしに、アメリの横を通り過ぎて食堂の外へと出ていった。


その日から、カイルはアメリが朝食のため食堂に行くたびに姿を現すようになった。

とはいえ、一緒に食事をしても言葉を交わすのは挨拶の時だけだ。

それも、アメリが一方的に声をかけるだけで、カイルは「ああ」としか答えない。

だが無言の食事に馴れてくると、彼女は少しだけ朝食が楽しみになっていた。

同じ空間にいて、同じものを食べる。

そんな単純なことが、こんな心境の変化をもたらすとは思ってもみなかった。

たとえ悪魔と呼ばれ畏怖されていようと、カイルに対して親近感が芽生える。

(殿下も、私に近づこうとしてくださっているのかしら……)

朝食の時間が重なるのが偶然ではないと気づいた頃から、アメリはそう意識するようになった。

それに、朝食時カイルはいつも鉄兜を外している。もしかしたら、鉄兜を被っていないほうが好きだとアメリが伝えたからかもしれない。

だが、カイルは彼女といる時いつも不機嫌そうだし、アメリを視界に入れようともしない。

だから、彼女はカイルにどう接していいのかいまだにわからない。


そうやって時が流れ、アメリがこの城に来て一ヵ月が過ぎようとしていた。

アメリも城での生活に馴れ、顔見知りも増えていた。

ある日の昼過ぎ、庭仕事の道具を押し車に乗せ納屋に運んでいると、芝生の上で休憩中の騎士たちが次々に声をかけてきた。

「アメリ様、こんにちは」

「これからどちらへ？」

公衆の面前でカイルに盾突いて以来、騎士たちの間では彼女はちょっとした人気者になっていた。あの悪名高き王太子に面と向かって立ち向かった令嬢など、前代未聞だからだ。

最近では、騎士たちと出くわすたびにこうやって我先にと話しかけられる。

「皆さん、こんにちは。道具を片づけるために、納屋に向かっているところです」

アメリがニコリと微笑めば、「それなら、俺が運びます！」と次々に手が上がる。

「お気持ちはありがたいですが、私の仕事ですので……」

厳しい訓練に明け暮れる騎士たちの束の間の休息を、邪魔してはいけない。アメリはやんわりと断ろうとしたが、それでも次々と彼女に群がる騎士たちは、退く様子がなかった。

「アメリ様。そいつらは力が有り余っているようです。ここはひとつ、甘えてみてはいかがですか？」

困惑しているアメリをからかうように助言をくれたのは、いつの間にか近くにいたヴァンだった。

彼は、すっかり騎士たちとも打ち解けているようだ。

こうやって騎士たちがアメリに気軽に話しかけてくれるのは、アメリとヴァンが主従関係にあるところも大きいだろう。

「美しい女性に感謝されれば、疲れも吹き飛ぶに違いありません。そいつらのためにも、手伝わせてあげてください」

討論の末、アメリに手を貸すことになったのは、ふたりの若い騎士たちだった。

ひとりはマックスという赤い短髪の男だった。背が高く、筋肉質な胸板をしている。

もうひとりは、セオというウェーブした黒髪の優男風の男だった。どちらも、年はアメリより少し上辺りだ。

「本当に、すみません。こんなことを手伝わせてしまって」

「いえいえ、気にしないでください。ヴァンさんの言う通り、野郎どもに囲まれて休息するよりも、こっちのほうがよほど疲れが取れます」

「その通りです」

申し訳なさからアメリが謝れば、押し車を押していたセオとマックスは爽やかに笑ってみせる。

「それにしても、あの王太子もとことん人でなしだな。仮にも婚約者であるアメリ様に、こんな仕事をさせるなんて。そう思わないか、マックス?」

「そうだな。もしも俺があいつよりも剣の腕が上だったならば、こらしめてやったのに。悔しいことに、あの悪獅子には敵わない」

「他人に顔も見せられない醜男のクセにな。くっそー、顔面勝負なら絶対勝てるのに」

「はは、セオ。お前、相変わらず面白いこと言うな」

セオとマックスの会話に胸がざわつき、アメリは顔を伏せる。

彼女だって、婚約者を冷たくあしらうカイルの気が知れない。

けれども、こうやってカイルの悪口を聞くのはいたたまれなかった。

彼らは知らないのだ。

カイルがか弱き者を労る優しさを隠し持っていることや、朝食を食べる時には決してアメリに悪態をつかないことを。

「まあでも、あの悪魔の天下も、長くは続かないだろうしな」

押し車を押していた赤髪のマックスが、遠くロイセン城の正門向こうに目を向けながら、悔しさを声に滲ませた。

「ハイデル王国との戦いがはじまるのは、時間の問題だ。政《まつりごと》に関心を失った国王と、国民から忌み嫌われている王太子の支配するこの国は、強大な力を持つあの国には太刀打ちできないかもしれない」

ロイセン王国が衰退の一途《いっと》を辿《たど》っていることは、至るところで噂されているのでアメリでも知っている。国を守る騎士でありながら、自国の負けを予想せざるをえないマックスの苦しみを慮《おもんばか》り、彼女は胸を痛めた。

同時に今の彼のセリフが気になり、顔を上げる。

「……陛下は、なぜこの国の政に関心を示さなくなられたのですか？」

「最愛の人を亡くし、気力を失ったからですよ」

セオが、横からアメリの疑問に答えた。

「陛下の寵愛を一身に受けていた王妃は、殿下を生んですぐに亡くなられたそうです。それ以来陛下は新たな妃を迎えることもなく部屋にこもり、人が変わったように政務にも力を抜くようになったのです」

ということは、カイルに母親の記憶はないのだろうか。

母親の愛情を受けることもなく、亡き妃のことを偲《しの》び気力を失った王だけを見て、彼はこの広い王宮内で育ったのだ。

（どれほど、寂しい思いをされたのかしら）

再び、アメリの胸がざわついた。

幼くして母を亡くしたとはいえ、彼女には母との思い出がたくさんある。母と過ごした日々はアメリにとっての宝物だ。苦しい時やつらい時、彼女は決まって母の言葉を思い出す。

けれども、カイルはそうではない。

彼には、心の拠り所などないのではないだろうか。

幼い日々から、そして今に至るまで。

「アメリ様、こちらでよろしいですか？」

「……ええ、ありがとうございます」

カイルのことを考えるあまり、納屋に着いていたことに気づかなかった。マックスとセオに手伝ってもらいながら鍬《くわ》や熊手《くまで》を片づけたアメリは、ふたりとともに道を引き返す。

「アメリ様、いつでも俺たちを頼ってください。アメリ様のためなら、いくらでも力をお貸しします」

「そうです。そしてもしもこの城が戦渦に巻き込まれた時は、我々であなたをお守りします。だから、ご安心ください」

騎士たちのもとに戻ると、セオとマックスは別れ際にアメリに力強く声をかけた。

（戦渦に巻き込まれた時……？）

何げないマックスのひと言に、アメリはハッとする。

それほどに、戦争は差し迫っているのだ。

「ありがとう。マックス、セオ」

不安を覚えながらも、休憩時間を割いてまで手伝ってくれたふたりに、微笑を向ける。すると若き騎士たちは、ほんのりと顔を赤くした。

その時だった。

向かい合う三人のもとに、ぬらりと人影が差す。

「俺の剣がもう少し長ければ、お前らふたりの首をいっぺんに串刺しにしてやったのにな」

いつの間にか鉄兜を被ったカイルが真横にいて、自らの剣の柄に手を添えている。

彼の物騒な物言いに、紅潮していたマックスとセオの顔が一気に青ざめた。

「お前ら、練習はもう再開しているぞ？　気づいてないのか？　それとも、俺に首をはねられたくてわざとそうしているのか？」

「もっ、申し訳ございません……！」

カイルの悪口を言っていた時の威勢はどこへやら、ふたりは慌てふためきながら頭を下げると、逃げるように訓練中の騎士たちの輪に戻っていった。

「……なんだ？」

じっと見つめるアメリに、カイルが鉄兜の顔を向けてくる。

「まだ、鉄兜を被っていらっしゃるのだと思いまして」

「俺の勝手だろう」

「私は、この国の後継者であるあなたに、コソコソと隠れるような真似はしてほしくありません」

「……なんだと？」

凄んだカイルの声にも、アメリはもう怖じ気づかなかった。

「素顔も見せずに、どうして戦地に赴く騎士たちを戒めることができましょう」

「……お前に、俺の何がわかる？」

「そうですね。私には、あなたの考えていることがさっぱりわかりません。でも、だからこそ……」

アメリは、小さく息を吸い込んだ。

「あなたのことを知りたいと思っています。だから、鉄兜を被るのはもうやめてほしいのです」

声が震えたのは、それが彼女の強い願いだったからだ。

この傷ついた獣を、重い鉄兜から解放してあげたい。

少しでも、近づきたい。

青空の下、鉄兜に隠れて見えないカイルの瞳をアメリは真摯に見つめる。

カイルは、何も言わずにアメリの視線を受け止めていた。
騎士たちのかけ声と剣のぶつかる音だけが、黙って見つめ合うふたりの間に響く。
(やはり、無理かもしれない)
アメリが諦めかけた、その時。
カイルが短いため息とともに、唐突に自らの鉄兜に手をかける。
そして、迷う様子もなく一気に剥ぎ取った。
猛々しい鳶色の髪が、春の風にそよぐ。
アメリは目を瞠《みは》った。
青空の下で輝く天色の瞳を、以前見た時よりも格段に美しく感じたからだ。
その神々しさに、言葉を失うほどに。
(なんて綺麗なの……)
思わず口元が綻ぶ。そんなアメリに、カイルはいつになく深い眼差しを注ぐ。
「おい、見ろよ。あれ……」
「え？　あれって、もしかしてカイル殿下か？」
鉄兜を外したカイルに、練習中の騎士たちが驚いた視線を次々に浴びせる。
「すごい美形じゃないか」

「誰だ？　牛に似てるって言ったやつ」

察するに、皆カイルの素顔を見たのは初めてのようだ。アメリは、カイルは一体いつから鉄兜を四六時中身につけるようになったのだろうと、哀しい気持ちになる。

「お前ら、集中しないと斬りつけるぞ」

突然のことにざわめく騎士たちを、カイルがすかさず恫喝《どうかつ》する。

鋭い瞳が繰り出す殺人的な睨みに、騎士たちは慌てて彼から視線を外した。

「当たり前だが中身は一緒じゃないか。目が見える分、余計におっかねえ」

まるで存在を忘れたかのように、カイルはそれ以降アメリを視界に入れようとはしなかった。

けれども彼女は、この城に来た時には別次元のような遠いところにいたカイルが、今はたしかに同じ空間にいるのを感じた。

そして、見えない糸で繋がっている。

細く頼りなく、すぐにでも切れそうな糸かもしれない。

それでもアメリは、その脆《もろ》い繋がりを決して離すまいと心に誓ったのだった。


その日の夜のことだった。

夕食を終えたアメリはオフホワイトのネグリジェに着替え、ベッドに腰かけながら小窓の向こうを眺めていた。

漆黒《しっこく》の夜空には、黄金色の満月が輝いている。

満月は苦手だ。

母を失った日の地獄のような出来事を、否応なしに思い出してしまうから。

身体の芯から込み上げる震えを抑えるように、アメリは自らの身体を抱きしめた。

けれども、か細い腕では心に染みついた恐怖を払うことは叶《かな》わない。

彼女は、どうにか平常心を取り戻そうと必死だった。

(ダメよ、こんなところでくじけていたら。強くならなければ……)

心の拠り所である母の形見の指輪を、懸命に指でさする。

母が亡くなった時の悪夢は幾度も見てきたが、これほどの恐怖に襲われるのは久しぶりだ。おそらく、昼間に戦争が差し迫っている現況を聞いたのが原因だろう。

ロイセン王国がハイデル王国の配下になってしまったら、どうなるのだろう?

ハイデル王国の悪党たちは我が物顔でこの国に蔓延《はびこ》り、数えきれないほどの者が母のような目に遭うかもしれない。

年寄りに女に子供。狙われるのは、おそらく弱き者たちからだ。

非力な母を見下すように嘲笑っていた男たちの顔が脳裏に蘇り、アメリは吐き気をもよおした。

弱いものは、強いものに力ずくで服従させられる。

そんな時代が来てはならない。

そんな君主が、国を治めてはならない。

アメリが、行き場のない不安に押しつぶされそうになっていた時のことだった。

部屋のドアが、控えめにコツコツとノックされる。

我に返ったアメリは、ベッドに腰かけたまま顔を上げた。

「……はい、どなた？」

「アメリ様、お届け物をお渡ししに参りました」

ドアの向こうから聞こえたのは、侍女と思しき女の声だった。

（贈り物……？）

燭台を手にアメリがドアを開ければ、大きな箱を手にしたそばかす顔の若い侍女が、部屋に入ってきた。

「重いので、こちらに置きますね」

侍女は、ふらつきながら箱をベッドの脇に置く。

両手でようやく抱えられる大きさの、生成り色の地味な箱だった。

「では、失礼いたします」

「え？　あの……」

箱を届けるなりそそくさと立ち去ろうとする侍女を、アメリは慌てて呼び止める。

箱の送り主に、全く心当たりがないからだ。

「どなたからですか？」

「とある殿方からです」

「殿方……？」

「詳しくは、申し上げられません……」

侍女は気まずげに顔を伏せると、逃げるようにドアの向こうに消えてしまった。

不思議に思いながらも、アメリは箱に手をかける。

そして、驚きのあまり言葉を失った。

中から出てきたのが、見るも優雅なドレスだったからだ。

その涼やかな水色を、母ならば白藍《しらあい》色か水浅黄《みずあさぎ》色と呼んだだろう。

シルク素材のスカートは幾層ものふんわりとしたレースで彩られ、丸く開いた胸元は真珠で花模様を描くように縁どられている。

派手さはないが、生地も装飾も、手の込んだ高価なものであることがうかがえた。

見ているだけで気持ちが弾むようなそのドレスが、アメリはひと目で気に入った。

(でも、一体誰からなのかしら)

考えても、思い当たる人物がいない。

虐げられて育ってきたアメリは、今まで一度も母以外の他人から贈り物をもらったことがない。初めての贈り物を前に、自然と胸が高鳴った。

ハッとするような水色は、広げているだけで、まるで暗い室内が晴れ渡ったかのように美しい。

カイルの瞳のようだと思ったところで、アメリはあることを思い出す。

そういえば、少し前にカイルに好きな色を聞かれた。

その時、アメリは水色と答えたのだ。

「まさか、カイル殿下が……?」

胸が、急速に鼓動を速めた。

けれども、彼女はすぐに考えを改める。

ほんの少し心の繋がりを感じはじめてはいるが、カイルはカイルだ。

あの素っ気ない王太子が、アメリに贈り物をすることなどあり得ない。

辿り着いたのは、見張り塔の前に広がる中庭だった。

以前、カイルがアレクに声をかけていた場所だ。

緩やかな夜風が、庭の草や木々を撫でるように揺らしている。少し肌寒いが、今だけはその肌寒さが心地よく思えた。

ノースリーブのネグリジェ姿のまま、アメリは中庭へ足を踏み入れた。けれども、清らかな水が湧き続けている噴水へと近づいたところで、身体の動きを止める。

噴水の脇にカイルが座り、夜空を見上げていたからだ。

「カイル殿下……?」

呟けば、彼が驚いたようにこちらを見る。

カイルは、白のブラウスに濃紺の細身のズボンという軽装だった。

夜更けであろうとも、まるで他人を遠ざけるかのように腰に剣の鞘を提げている。

「こんな時間に、何をされているのですか?」

カイルは何かを言いかけ、すぐに口を閉じた。

「……お前には関係のないことだ」

返ってきたのは、いつもと変わらない冷たい答えだった。

「お前こそ、何をしている?」

「私は、眠れなくて……」

アメリは声音を下げ、うつむいた。

「隣に、座ってもよろしいでしょうか?」

「……好きにしろ」

そっぽを向いてはいるが、カイルはアメリを拒まなかった。

アメリはひとり分の間を空けて、カイルの隣に腰かけた。

女神像が手にした瓶から溢れる水音だけが、闇に響いている。

アメリのほうを見ようともしない彼の背後で、薄紫色のライラックの花が夜風に揺れていた。

不思議だった。

カイルはいつも通りのカイルだし、会話だって弾まない。

それでも隣にいることを許してくれただけで、不安で消えそうだった心が癒やされていく。

「……私は、満月が苦手なのでございます」

しばらくの沈黙のあと、気づけばアメリは今まで誰にも話したことのない苦悩を口にしていた。

この人も、きっと孤独なのだろうと思ったから。

同情も、理解も求めていない。

ただ、彼にアメリの心の声を伝えたかった。

「満月が……？　なぜだ」

長い間のあと、思いがけず声が返ってきた。

「幼い頃、満月の夜にとてもつらい経験をしたからです。満月のたびに私はあの日の出来事を思い出し、身が引き裂かれるような気持ちになるのです」

母の悲鳴、飛び散るガラス細工、男たちの蔑んだ眼差し。

あの出来事について言葉にしただけで、身体の芯から震えが込み上げる。

悔しさと悲しみと絶望がない交ぜになり、いつしかアメリは涙を浮かべていた。

「カイル殿下、お教えください……」

涙に濡《ぬ》れた顔で、必死に彼に問いかける。

「どうして、私の母はあんなひどい目に遭った挙げ句、死んでしまったのですか？　どうして、私は孤独に生きなければならなかったのですか？」

隣にいるのは、いずれはこの国の最高権力者になる人物だ。

そのせいか、自分の力ではどうにもならない嘆きが口をついて出ていく。

「母も私も、何も悪いことはしていないのに……」

取り乱すアメリを、カイルは黙って見つめていた。

涙で滲んだ視界では、彼がどんな表情をしているのかよくわからない。

「あんなことは、もう二度と起きてほしくないのです……」

本当のカイルがどんな人物なのかは、まだ謎に包まれている。

不器用ながら弱きものに手を差し伸べる姿は目撃したけれど、横暴で人でなしと囁かれる数々の噂の真相は明らかになっていない。

噂通りの悪魔かもしれないし、そうではないのかもしれない。

けれども、アメリは信じたかった。

天色の瞳を持つこの王太子こそが、この国の希望の光だということを。

そして、どんなに粗野な扱いを受けようとも、どうしようもなく彼に惹《ひ》かれてしまう自分の直感を。

幼子のように泣きじゃくる彼女を、カイルは顔を逸らすことなく見つめ続けていた。

とめどなく溢れる涙のせいで、視界はますます不鮮明になっていく。

アメリの醜態を目にして、彼は不機嫌な顔をしているのかもしれない。

それとも、呆れた顔をしているのかもしれない。

そんな考えが脳裏をよぎったが、それでもアメリは泣きやむことができなかった。

――けれど。

突如伸びてきたカイルの手が、彼女をぐいっと引き寄せる。

気づけばアメリは、カイルのたくましい腕の中にいた。

驚きのあまり、嗚咽が喉に吸い込まれるように消えていく。

「……すまない」

じわじわと伝わる温もりの中、耳元で囁かれたのは、消え入りそうなほどに微かな声だった。

けれども、彼女はたしかにその言葉を聞き取った。

優しく哀しげな声音が、胸の奥深くに染み入る。

「もう、泣くな」

柔らかな感触が、涙で濡れた頬に落ちてくる。

それがカイルの唇だということに、しばらくしてアメリは気づいた。

悪魔と呼ばれる王太子のキスは、思いもしなかったほど優しかった。

まるで壊れ物を扱うように、そっと彼女の涙を拭っていく。

アメリの身体は、すっぽりとカイルの腕の中に収まっている。感じたことがないほどの安堵《あんど》とともに訪れたのは、鳴りやまない胸の鼓動だった。

身体中のそこかしこが、どうしようもなく熱い。

徐々に涙が乾いていき、アメリの視界がようやくカイルの顔を捉えた。

普段は人を刃の如く射抜く天色の瞳は、まるで陽だまりのように穏やかだった。哀しみを秘めた眼差しが、労わるように彼女に向けられている。

初めて見る彼らしからぬその表情に、アメリの胸の奥がぎゅっと疼《うず》く。

「カイル様……」

アメリは自ずと手を伸ばし、彼の頬に触れていた。

カイルの冷たい頬が、自分の体温に染まっていくのを感じる。

(私も、カイル様に安らぎをあげたい)

けれども、そこで彼はハッとした表情を浮かべる。

まるで何かに呼び戻されるように、優しさに満ちていた瞳が、再び凍りついていくのをアメリは感じた。

カイルは彼女から身体を離すと、顔を背ける。

「……俺は、お前と結婚するつもりはない。この気持ちは、この先も変わらない」

アメリの顔を見ないままに吐き出された言葉は、先ほどの温もりが嘘《うそ》のように冷え切っていた。

「だから、このままお前がここにいても無駄だ」

アメリは、わけがわからず固まることしかできない。

急速な彼の態度の変化に、頭が追いつかない。

「二、三日中にはここを出ていけ。あの護衛の騎士を連れて」

素っ気なく言い放つと、カイルは立ち上がり、アメリに背を向けた。すぐにでも、ここから立ち去るつもりなのだろう。

「でも、私は――」

「お前が出ていかないのなら、ウィシュタット伯爵に連絡して迎えを寄越させる」

アメリが慌てて声を投げかければ、カイルは彼女の言葉をピシャリと遮るように言った。そして、微かにこちらを振り返る。

月明かりに照らされたカイルの顔には、他人を嘲笑うようないつもの笑みが浮かんでいた。

アメリには、もはや返す言葉がなかった。

今のカイルが、全力で彼女を拒絶しているのがわかったからだ。

アメリが何も言わないのを見届けると、彼は再び背を向け居館のほうへと消えていった。

噴水に取り残されたアメリは、ひとり混乱していた。

優しいカイルと、冷たいカイル。どちらが本当の彼なのか、全くわからない。

先ほどのキスは、一体なんだったのか。

「わけがわからないわ……」

ただひとつ確かなのは、カイルはやはりアメリを必要としていないということだった。そうでなければ、婚約破棄など言い渡さないだろう。

その事実が、今すぐまた泣きだしたいほどにつらい。

今まではなかった痛みが、彼女の胸をきりきりと締めつけていた。

＊＊＊

夜のロイセン城は、怖いほど静まり返っている。

回廊を歩み居館に辿り着いたカイルは、自室へと続く螺旋階段の前で立ち止まり、片手で頭を抱えた。

「どうして、俺はあんなことを……」

アメリの温もりを知ってから、カイルはおかしくなっていた。

『私は、あなたを許します』

あのすべてを包み込むような声が、耳の奥から離れない。

カイルがアメリを襲おうとした翌日、中庭でアメリに抱きしめられた時、まるで目の前をふさいでいた何かが外れたように見える世界が変わった。

女というものはこんなにも柔らかいものなのかと、胸が高鳴った。

いつまでも身をゆだねていたくなる、中毒性のある柔らかさだった。

いや、違う。カイルは、女の柔らかさを知っていた。

身分を偽り街に出向いた時、幾度も女たちに言い寄られベタベタと触れられたことがある。その時の女たちの柔らかさは、カイルに斬りつけたくなるほどの不快感しかもたらさなかった。

あの女の――アメリの柔らかさは特別なのだ。

いつしか、彼女のことを考えることが増えていた。

アメリの笑顔が見たいと思うようになっていた。

彼女がほかの男たちに微笑んでいるのを見かけ、たまらなくイラ立ったこともある。

ドレスを贈ったのは衝動からで、すぐに後悔した。だから、ドレスの発注と受注に携わった者には、アメリに贈り主を明かしたら殺すと脅してある。

抑えたいのに抑えの効かない感情に、カイルは悩まされ続けていた。

今宵中庭にいたのも、彼女を想い眠れぬ頭を冷やすためだ。

それなのに、あろうことか偶然会った彼女の頬にキスまでしてしまった。

彼女が泣く姿を見ていたら、胸が苦しくて居ても立ってもいられなくなったからだ。

アメリに出会うまでは考えられなかった衝動的な自分の行動に、カイルは困惑してばかりいる。

自室に入ると、彼は天蓋付きのベッドに身を投げた。

アメリのことを考えまいとしていても、彼女の泣き顔が頭から離れない。

アーチ窓の向こうを見やれば、廃れゆく王国の上に輝く満月が見えた。

アメリは、満月が嫌いだと言った。

どんなにひどく扱われようとも、毅然《きぜん》としている彼女は、強く美しかった。

自分などが決して触れてはいけない、尊い存在だと思っている。

その彼女が、満月が嫌いだと言って幼子のように泣く姿が、カイルの心をひどく締めつける。

カイルは、壁に備えつけられた書架に視線を移した。

兵法に地理学、歴史学に軍事学。幼い頃から貪るように読んだありとあらゆる書物が、床から天井までぎっしりと敷き詰まっている。

地理や算術、兵法や思想。何千冊という本の内容のすべては、カイルの頭に完全に叩《たた》き込まれていた。

子供の頃から人を避け、四六時中剣と書物ばかりに向き合ってきたから当然だ。

政務をおざなりにしている父は、国王の器ではない。

この国に未来はない――今や、誰もがそう思っているだろう。

運命には、抗えない。

カイルも、悪魔の王太子として処刑される自身の未来を、何度も思い描いたことがある。

自分の幸せにも、他人の幸せにも興味はない。どうでもいいことだ。

(でも……)

目を閉じると、華奢《きゃしゃ》で柔らかなアメリの感触が身体に蘇った。

(彼女を、もう泣かせたくはない)

今の彼を突き動かすのは、その感情だけだった。

翌日のことだった。

王の間の向かいに位置する会議室へ向けて、カイルは足早に長い廊下を歩んでいた。隣では、レイモンド司祭が必死になって彼を阻止しようとしている。

「カイル殿下、お待ちください！　急に顔を出されたら、陛下がお怒りになります！」

「うるさい。黙れ、レイモンド」

「元老院の話し合いは、神聖な場です。部外者が立ち入ることは言語道断だと、何度言ったらわかるのですかっ！」

「大袈裟《おおげさ》な、何が神聖な場だ。ただの無能なジジイどもの戯《たわむ》れだろ？」

「なんてはしたないお言葉を……っ！」

青ざめるレイモンド司祭を無視すると、カイルは金の装飾で縁どられた両面開きの扉の前で立ち止まる。

扉の両側に控えていた衛兵がすぐさま駆け寄り彼を捕らえようとしたが、カイルはやすやすと衛兵たちの鳩尾《みぞおち》に肘鉄を食らわすと、床に倒れ込む衛兵とパニックに陥っているレイモンド司祭をそのままに、会議室に強引に足を踏み入れた。

楕円《だえん》形のテーブルを囲むように座っていた王と、元老院と呼ばれるこの国の最高機関に属する幹部たち五名が、一斉にカイルに視線を向ける。

誰しもが突然の彼の登場に不快な表情を浮かべていたが、中でもとりわけ嫌悪感を露わにしていたのは、父であるロイセン王だった。

「カイル。何をしに来た」

王が、刺々しい物言いで彼を威圧する。

カイルはテーブルの前まで歩み寄ると、まるで猛獣でも観察しているかのように自分の出方をうかがっている老人たちを見回した。

「税金を、また飛躍的に上げたという噂を耳にしましたので」

「当然だ、戦には金がかかる。兵の数を倍にしないと、ハイデル王国との国境すら突破できない状況だからな」

「正気ですか？　国境越えは、今までに二度も失敗しています。それでも懲りずに、再び遂行しようというのですか？」

「そうだ。兵の数さえ増やすことができれば、今度こそいける」

自信たっぷりに語る王に、カイルのイラ立ちが募る。

「愚かだ……」

呟けば、幹部たちはひとり残らず彼に非難の眼差しを向けた。

「陛下に反論なさるおつもりですか？　聞き捨てならない」

「ハイデル王国には、同盟国が多い。兵の数で、対抗しようとするのには無理があります。孤立している我が国が、真っ向から闘って勝てる相手ではありません」

鋭い睨みとともに、カイルはピシャリと老人の牽制《けんせい》を跳ねのける。

「では聞こう。お前は、どうしたらよいと考えるのだ？」

上座から、王が挑発的な眼差しを彼に投げかけた。まるで汚物を見るような、蔑んだ表情だ。とてもではないが、我が子を見る目ではない。

「私なら、まずはクロスフィールド王国に駐在しているハイデル王国の軍隊を叩くべきだと考えます」

「クロスフィールド王国だと？」

室内に、ざわめきが起こる。

東に位置するクロスフィールド王国は小国で、ハイデル王国からは距離がある。

「クロスフィールド王国は、ハイデル王国の貿易の要です。クロスフィールド王国からの物資の供給が途絶えれば、ハイデル王国は充分な軍事力を保つことができなくなる。内側から弱らせて、外側から一気に攻め込むのです」

「フン、バカバカしい。そんな回りくどいことができるか」

カイルの提案を受け、あちらこちらからバカにするような笑い声が湧き起こった。

この元老院は腐っている、とカイルは改めて感じた。

三百年以上続くこの国の元老院制度は、世襲制だ。

世の中を知ろうともせず、ぬくぬくとぬるま湯につかり続けてきた彼らは、自分の社会的地位を守ることだけに気を取られ、現状を何ひとつわかろうとしない。

「税金を増やして兵を大量に雇っても、国民から反感を買うだけだ。この国を、ますますダメにする」

カイルが威嚇するような声を出せば、王がより一層冷ややかな目を向けてきた。

「では聞こう。そもそも、この国をダメにしたのは誰だ？」

まるで背筋を刃で撫でられるような、ぞっとした声だった。

カイルをはじめ、この場にいる全員に緊張が走る。

「王宮内では粗暴の噂が絶えず、あてがった婚約者も次々と粗末に扱う。それに街でも乱暴を働いているそうじゃないか、カイルよ。忘れたのか？　お前のせいで、お前の母親は死んだ」

王のそのセリフは、鋭い切っ先となってカイルの胸を貫いた。

まるで呪縛にかかったかのように、その場から動けなくなる。

「お前のせいで、この国は滅びゆく。我々のせいではない。すべてはお前のせいだ、

〝災いの申し子〟よ」

憎しみに満ちた王の眼力に操られるようにして、天色の瞳に燃え盛る炎が、みるみる消沈していった。

冷や水を脳天から浴びせられたかのように、熱い思いが冷めていく。

――災いの申し子。

その言葉は、カイルを黙らせるには充分すぎる威力を持っていた。

「鉄兜をなぜ被らなくなった？　お前のその呪われた髪色を見るだけで、怖気《おぞけ》が立つ」

気力を奪われたカイルに追い打ちをかけるように、王は容赦なく残酷な言葉を投げかける。

「わかったなら、さっさと出ていけ。神聖な場が穢《けが》れる」

会議室を出たカイルは、長い廊下を黙々と歩んでいた。

彼の鬼気迫る形相を目にした召使いたちが、恐れおののき道を空けていく。

――災いの申し子。

それが、生まれついてのカイルの異名だった。

何百年と続くロイセン王国を統治するアルバーン家に、古くから伝わる予言に由来している。

金髪しか生まれないアルバーン家に鳶色の髪の王太子が生まれた時、ロイセン王国は滅びるだろう、という言い伝えだ。

そしてカイルは、代々生まれることのなかった鳶色に似た髪を持つ初めての王太子だった。

カイルが生まれた日、王をはじめこの国の幹部たちは皆絶望に苦しみもがいた。

そしてカイルが生まれて数時間後に母は自ら命を絶ち、彼女を溺愛していた王はまだ赤子だった彼に激しい憎悪を抱くようになった。

カイルは、この国に不幸をもたらす生まれついての悪魔なのだ。

幼い頃から、誰にも愛されず、憎しみと蔑みの中をひとり孤独に生きてきた。

何を思い上がっていたのだろう、と呆れた気持ちになる。

災いの申し子はどうあがこうと、この国に不幸しかもたらさない。

誰も、呪われた自分に関わらせてはいけない。

相手のことを想えば想うほどに。

回廊を歩み中庭まで出たカイルは、噴水を覗き込む。

真昼の太陽光を受けて輝く水面には、不吉な鳶色の髪をした自分の姿が映った。

この世のすべてが憎い。

そう思っているはずなのに、ゆらゆらと揺らめく男の顔は、思いもしないほど哀しげだった。

自らの視線から目を逸らし、カイルは息を吸い込んだ。

そして、昨晩自分を真正面から見つめたアメリの潤んだ眼差しと、温かな肌の感触を、胸の奥から無理やりかき消したのだった。

来た。

この世のすべてがあなたの敵でも

カイルの言ったことは、嘘ではなかった。

彼に避けられ続けても、アメリはめげずにロイセン城に居座った。だが、あの満月の夜から数えて五日目の朝、ついにカイルからの要請でウィシュタット家から迎えが来た。

カイルからの、一方的な婚約解消というわけである。

「城を逃げ出すこともなく、こんなにも長い間おられた婚約者様はあなたが初めてでしたのに、まさかカイル殿下のほうから婚約を解消されるなど予想しておりませんでした。残念でなりません……」

別れ際に挨拶をくれた王宮の幹部は、レイモンド司祭のみだった。五人目の婚約解消とあっては、王との別れの謁見もないらしい。無論、アメリを避け続けているカイルが会いに来てくれるはずもない。

出発直前。馬車着き場で、いつまでも名残惜しげにロイセン城を見上げるアメリに、荷物を積み終えたヴァンが声をかけてきた。

「アメリ様、長居は無用です。早く行きましょう」

「ええ……」

後ろ髪を引かれる思いで、アメリは馬車に乗り込もうとする。

その時だった。城のほうから、何かを叫びながら大勢の人が駆けてくる。

「アメリ様～！」

「ヴァンさん！」

それは、大勢の城の騎士たちだった。

以前アメリに手を貸してくれたマックスとセオや、少年騎士団の姿も見える。

「アメリ様、どうかお達者で！」

「ヴァンさん、あなたがいないと寂しくなります……。侍女たちも、朝から泣きっぱなしですよ」

一ヵ月と少しという短い間だったが、騎士たちは旧知の友人との別れを惜しむように、アメリとヴァンの手を取り順々に惜別の言葉を述べていく。

気づけば、アメリも目に涙を浮かべていた。

この城で働く人々が、彼女は好きだった。短い間だったが、ウィシュタット家にいた時よりもずっと心が安らぐことができた。

「ありがとう、みんな……」

涙ながらにひとりひとりの手をしっかりと握り、アメリは感謝の気持ちを伝えた。

「アメリ様、きりがありません。そろそろ……」

そうは言うものの、ヴァンがそっと目尻の涙を拭ったのを彼女は見逃さなかった。

この色男も、きっとアメリと同じように感じているのだ。できればこの城でこの先も彼らと生活を続けたかった、と。

心苦しいが、アメリは意を決して馬車に乗り込もうとした。

だが、そんなアメリを「待ってください……」とか細い声で引き留める者がいる。

それは、今では司書見習いとなったアレクだった。

「アレク」

アメリは柔和な笑みを浮かべると、目線が少年と同じ高さになるよう膝を折る。

彼は書物の管理をする者らしく、濃緑色の立派な上着を着ていた。

小柄なアレクにはサイズが大きく、袖が余っているところが可愛らしい。

「ふふ。その上着、似合っているわ」

よしよしとアレクの猫っ毛を撫でれば、少年は顔を赤くした。それから、おずおずと口を開く。

「ずっとあなたにお礼が言いたいと思っておりました。以前に、王太子様から僕を庇ってくださりありがとうございました」

「いいのよ、アレク」

「……でも、誤解しないでほしいのです」

少年の純真な瞳が、アメリをまっすぐに見つめた。

「王太子様は、本当は、噂のような悪いお人ではありません」

彼女は意表を突かれたのち、そっと哀しげに微笑む。

「……知っているわ」

「僕の、初めての友達になってくれたんです……」

少年は、か細い声でしどろもどろに、けれども懸命に口を動かす。

「『あなたと友達になりたい』と言うと、『殺すぞ』って言われて、でもあとで『仕方ないから友達になってやる』と言ってくれました」

その時のやり取りを想像して、アメリは吹き出しそうになった。

その後で無性にカイルに会いたくなって、たまらなく泣きだしそうになるのを必死にこらえる。

涙を滲ますアメリに、アレクは決意を固めたような顔で言った。

「僕は、王太子様はあなたを好きなのだと思っていました」

「それは違うわ、アレク。好きならば、私を追い出したりはしないでしょう」

「……でも、本で読んだことがあるのです。大人の男の人は、好きな女の人に贈り物をするって。僕は、王太子様の命令であなたに贈るドレスを注文しに行かされたから、てっきりそうなのだと思っていました」

その瞬間、アレクの顔を覗き込んでいたアメリの表情が固まった。

(今、なんて……)

「水色のドレスにするのだと言って、細かなデザインの描かれた本まで渡されて……。ああ、言ってしまった。殺される……」

青ざめた顔で、アレクは口元をふごふごと両手で押さえた。


馬車がロイセン城を離れてからも、アメリは上の空だった。

あのドレスは、カイルからの贈り物だったのだ。

あの悪魔と呼ばれる王太子が、アメリを想い、アメリのために、自らデザインを選んで発注したものなのだ。

胸の奥が、たまらなく熱い。

舗装の整っていない城下町を行く馬車にガタゴトと揺られながら、彼女は熱に浮かされた四肢を保つのに必死だった。

「アメリ様、大丈夫ですか？」

きっと、別れ際のアレクとの会話を耳にしていたのだろう。

物言いたげな眼差しで、ヴァンが問いかけてくる。

頭の中がカイルでいっぱいのアメリは、ヴァンに返事をすることができない。

窓の外には、ロイセン王国の王都リエーヌの街並みが次々と流れていく。

「……馬車を止めて」

衝動的に、アメリはそう声にした。

御者が慌てて手綱を引くと、馬車はちょうど街の中心部である大広場に停車する。

「私は、ここで降りるわ。ヴァン、お屋敷にはあなたひとりで戻って」

「……は？」

ヴァンは、冷静沈着な彼らしからぬ頓狂な声をあげる。

「何をふざけたことを言っているのですか？」

「どうせあの家に戻っても、私は皆に迷惑をかけるだけよ。帰らないほうがいいわ」

言うや否やアメリは荷物の入ったバッグを手繰り寄せ、ドアノブに手をかける。

そして、渋い顔で自分を見つめる騎士に強い眼差しを向けた。

「この街に残って、どうしても確かめたいことがあるの。それをやらなければ、私は一生後悔するわ」

見つめ合うふたり。無言の攻防戦は、大聖堂の鐘が正午を告げるまで続いた。

長い鐘の音が鳴りやんだところで、ようやくヴァンがフッと口元を緩める。

「やれやれ。どうやら、あなたの意志は相当に固いようですね」

そう言うと、ヴァンはアメリが手にしていたバッグを取り上げ、ドアを開ける。

「美しい女性を、どんな輩《やから》がいるかもしれない城下町にひとりで放り出すことなど、俺にはできません。俺もお供いたします」

「ヴァン……」

「働き者の、街の女を愛でるのも悪くないですしね」

いつものように冗談を呟くと、ヴァンはアメリより先に馬車を降りた。

そして、御者に告げる。

「お前は、ひとりで帰れ。ウィシュタット伯爵には、予定が変更になり滞在日数が増えたと伝えろ。ほとぼりが冷めたら、こちらで馬車を手配して戻る」

ふたりは、年季の入った大聖堂を中心とした広場に降り立つ。

広場の隅では町女たちが立ち話に興じており、噴水の周りを犬と子供が笑いながら駆け回っている。蹄の音を響かせながらやってきた辻馬車《つじばしゃ》が大聖堂の前で停まり、貴族らしき男を降ろしていた。

馬車の中にいる時と外にいる時とでは、街の雰囲気が違って見える。

一度降り立てば、いくら寂れた王都でも、生活している人々の息を肌で感じた。

アメリとヴァンは、滞在する宿を求めてリエーヌの街を歩きだした。

「ところでアメリ様。確かめたいこととは、どんなことですか？」

しばらくすると、ヴァンが聞いてきた。ここまでついてきてくれた彼に黙っているわけにもいかず、アメリは素直に答えることに決める。

「カイル殿下に関する噂についてよ」

「ああ。あの、どこぞの伯爵を殴ったとか、町民から金を巻き上げたとか、酒場で大暴れしたとかいう噂のことですね。まあ、城での彼の様子を見る限り、納得と言えば納得ですが……」

うんざりした顔で答えるヴァンは、カイルの噂についてアメリよりも詳しそうだ。

「もしかすると、アメリ様はあの噂が嘘なのではと疑っておられるのですか？」

アメリは、ヴァンがカイルによい印象を持っていないことを知っている。

城に来てすぐの頃、アメリに失礼な態度をとったカイルをひどく罵っていたし、アメリがカイルに剣を突きつけられた時もやるせない表情を浮かべていた。

「……ええ、そうよ」

はっきりと答えられなかったのは、まだカイルの本質に確信が持てないからだろう。

「もしかして、あれだけひどいことをされながらあの男のことが気になるのですか？」

核心をつくヴァンのセリフに、アメリは視線を泳がせた。

「図星か、妬けるな。娘が悪徳商人に騙《だま》される様子を目にしながら、何もできない父親の心境だ」

彼はよくわからない喩えを呟きながら、納得できないというように自分の顎をこすり、渋い顔をした。

「でも、俺もあの男には少し興味がありまして」

「……なぜ？」

「先日、悪獅子が暴れたと王の護衛に助けを求められ、会議室まで駆けつけたことがあるのです。その時、とある戦略について語るあの男の声を偶然耳にしたのですが……」

その時のことを思い出すように、ヴァンは目を細めた。

「意外にも、聡明《そうめい》な男であることを知ったからです。あの男のことが、嫌いなのには変わりありません。だけど、俺も興味はあります。だから情報収集に喜んで手を貸しますよ、アメリ様」

普段は女を誘うことばかりに専念されているヴァンの笑顔が、今は何よりも頼もしく思える。

「ありがとう、ヴァン」

アメリが少女のように無邪気に微笑めば、彼はアメリにだけ見せる妹を労わる兄のような眼差しを浮かべ、それに応えてくれた。

リエーヌの中心部に位置する大広場は、シンボルであるシルビエ大聖堂にちなんで、シルビエ広場というらしい。

広場から伸びた三本の煉瓦道は、それぞれが商業通り、住宅通り、工業通りに分かれていた。

商業通りの中ほどに、ヴァンは居心地のよさそうな宿屋を見つけてくれた。温かみのある配色の煉瓦造りで、トマトのように真っ赤な屋根が可愛らしい。宿の前には酒《さか》樽《だる》が並んでおり、ウッドテラスを備えた開放的な酒場も併設されている。

くるくるとうねった胡桃《くるみ》色の髪が印象的な恰幅《かっぷく》のいい女主人は、はじめは素性の知れないふたりの宿泊に難色を示した。

だが、毎夜酒場を手伝うというヴァンの申し出に「こんな色男がいたら、女性客が増えるかもしれないねえ。いいよ、いくらでもいいな」と愛想よく受け入れてくれた。

ウィシュタット家から持ってきた支度金には全く手をつけていないので、当面の間資金には困らないだろう。

六部屋あるうちの二部屋に各々荷物を運ぶと、ふたりはさっそく人々の話を聞くためリエーヌの街に繰り出した。

帽子屋、雑貨屋、果物屋。

活気はないがところどころ店は開いていて、往来にはまばらに人が行き交っている。

（ああ、懐かしい。街の匂いだわ）

パン工房から漂う焼き立てのパンの匂いに、酒屋から漂う葡萄酒《ぶどうしゅ》の匂い。

アメリは、ウィシュタット家に行く前に母と暮らしていた小さな街を思い出す。

決して派手な暮らしではなかったが、街の人々と分け隔てなく過ごしていたあの頃は、毎日が輝いていた。

最初に話しかけたのは、煤《すす》で汚れた顔をした鍛冶屋の中年の男だった。

「なに、カイル王太子のことを教えてくれだって？　教えるも何も、噂に聞いていないのかい？　あんな人でなしは、この世にほかにいやしないよ。この間など肩が触れたという理由だけで、通りすがりの男に殴りかかっていたんだからな」

続いて、店先に腰かけパイプの煙をくゆらせていた、古本屋の老人。

「あれはひどい。あんな男が王になったら、この国も終わりだよ。わしなんかわけのわからない税の名前を出されて、金をしこたま取られたんだ。街に来たかと思えば、人から金を巻き上げるか暴力を振るうかの繰り返しさ」

いくら話しかけても尽きないほど、カイルの悪い噂は街に溢れていた。

「こりゃ参りましたね、想像以上の嫌われ者のようだ」

ヴァンは苦笑いを浮かべ、アメリは落ち込む。

たしかに、城でのカイルも暴力的だった。他人に暴言を吐くことは日常茶飯事だし、暴言を吐いていないことのほうが珍しかったくらいだ。

城での悪評と街での悪行が合わさり、ロイセン王国の獅子の紋章を風刺して悪獅子という呼ばれ方をするようになったのも頷ける。

けれどもアメリは、どんなにカイルの悪い噂を耳にしても納得がいかなかった。

（……この違和感はなんなの？）

ただの直感にすぎない。けれども、何かが腑《ふ》に落ちない。

いつしか、ふたりは商業通りの最果てに来ていた。

そこには、長い商業通りを監視するように大きな邸が建てられていた。金の施された鉄柵の塀の向こうには見事な庭園が広がり、藍色の屋根の瀟洒《しょうしゃ》な邸がまるで城のように悠々と立ちはだかっている。

「ここは、どなたのお屋敷なのかしら？」

さすがに規模は劣るが、見栄えではロイセン城よりも豪華に思えた。

「先ほど聞いた、ドーソン伯爵の邸ではないでしょうか？　この街きっての権力者だと聞きましたから。どうやらカイル殿下は、その昔ドーソン伯爵にも暴力を振るったことがあるらしいですよ」

アメリの気持ちが、再び沈み込む。

本当なのだろうかという思いと、あり得なくはないという思いが、心の中で葛藤していた。

カイルの噂話を求めて街を練り歩くうちに、空は茜《あかね》色に染まっていた。

遠くそびえるロイセン城を、アメリは切なげに眺める。

朱色の光に照らされた石造りの要塞城の中で、彼は今何を思っているのだろう。

「今日のところは、もう戻りましょうか」

「そうね、そうするわ……」

ヴァンの声に、アメリがしぶしぶ頷いた時のことだった。

懐かしい、涙がこぼれそうになるほどに懐かしい匂いが、夕方の風に乗ってアメリの鼻先に届いたのだ。

「この匂い……。もしかして……」

匂いのもとを辿って歩きだす。

そしてドーソン邸のさらに向こう、商業通りの外れに、煙突からもくもくと白い煙を吐き出している小さな家屋を見つけた。

「アメリ様、どうかしましたか？」

不審そうにしながらも、ヴァンはアメリの背後を守るようについてくる。

煙突のある石造りの家屋に辿り着いた彼女は、開けっ放しのドアの向こうを見て、小さく感嘆の声をあげた。

「やっぱり……、ガラスだわ」

ガラスは、珪砂《けいさ》、石灰、それにソーダ灰を、高温の窯で煮つめて作られる。

その時の独特な匂いが、アメリはこの世のどんな香りよりも好きだった。

そこはガラス工房らしく、入口付近には色とりどりのステンドグラスが並べられていた。そして奥では、窯に乗せた大きな鉄鍋を、ひとりの老人が棒で懸命にかき混ぜている。

「おや、このご時世に客人か。珍しいな、明日は雪が降るかもしれん」

入口から店内を覗くアメリとヴァンに気づいた老人が、こちらを振り返って言った。

鳥打ち帽を被り灰色の口髭《ひげ》をたくわえた、やせぎすの老人だ。

けれども鶯色《うぐいすいろ》のエプロンから伸びた腕は、職人らしくたくましい。

「ここは、ガラス工房なのですか？」

アメリは、遠慮がちに店内に足を踏み入れながら尋ねた。

明らかにガラスの匂いがしているのに、辺りに商品らしきものは見当たらない。

ガラスで作ったコップやお皿などの食器、はたまた動物や植物などのオブジェが華やかに並んでいたアメリの母の店とは、まるで様子が違う。

「そうだよ。だが、もうじき店じまいをする予定だ。いずれは戦争がはじまる。戦争がはじまれば、皆ガラスなどにうつつを抜かしている場合ではないからな。商売あがったりだよ」

言いながらも、老人は鍋の中をぐるぐるとしきりに混ぜ続ける。店の中央にある作業机には、年季の入った鋳型が置かれていた。ここに液体状のガラスを流し込み、ローラーで平らにして固めることで、窓ガラスが完成するのだ。

「店じまいをする予定にしては、ガラス造りに精が出ますね」

アメリの後ろで、ヴァンが腕組みをしながら言う。

「まあな、最後の大仕事といったところだよ。シルビエ大聖堂の、大改修をするんだ」

よくぞ聞いてくれた、とでも言うかのように老人はにんまりと微笑んだ。

「戦争がはじまれば、この街はどこもかしこもボロボロになるだろう。この街のシンボルであるシルビエ大聖堂は、真っ先に砲撃を受けるに違いない。だから、せめてその前にあの大聖堂を綺麗にしてやりたいんだ」

「壊されるものを、わざわざ大改修するのですか？」

老人の熱い語りに、眉をひそめるヴァン。

老人は余裕の笑みを向けながら、「そうだよ」と答えた。

「わしは、この街が好きだ。この街に生まれ育ったことを、自慢に思っておる。あの大聖堂は、この街で育ったわしらの誇りだ。だからこの街が面影をなくす前に、皆の目に最高の姿を焼きつけてやりたい」

アメリは、会って間もなくだというのに、すぐにこの老人のことが好きになった。

「私にも、お手伝いさせてください」

ショールを脱ぎ、老人の近くに寄る。

そして力仕事でガタがきている肩を撫でている老人の手から、棒を受け取り鍋の中のガラスを混ぜはじめた。

液状のガラスを混ぜるのには、コツがいる。下手に混ぜれば気泡が入り、使い物にならなくなるからだ。アメリの手際のよさに、ほう、と老人が喉を鳴らした。

「あんた、素人じゃないな。どこでガラス造りを教わった？」

「亡くなった母が、ガラス職人だったんです」

アメリは老人に笑みを向けながら、右手の人差し指で光るガラス玉を掲げてみせた。

落ちくぼんだ老人の瞳が、みるみる見開かれる。

「なんと……。これは、天色のガラス玉ではないか」

「ご存知なのですか？」

「ガラスを生業《なりわい》にしておる者なら、当然だ。染料の調合は、ガラス造りよりも難儀だからな。色の出具合や組み合わせによって、仕上がりは全く違うものになる」

うんうん、とアメリは嬉しくなって頷いた。母と、同じことを言っている。

「その中でもこの色……天色は、幻の色と言われている。この色を出すには、よほどの技量と運がいる。あんたの母親は、一流のガラス職人だったんだな」

しみじみと語る老人の声が、アメリの胸に染み入った。

そのガラス工房の老人は、名前をミハエルといった。

翌日から、アメリは足しげくガラス工房に通い、ミハエル老人の手伝いをするようになった。

「カイル殿下の情報収集は、もう終わりなのですか？」

ヴァンも欠かさず護衛として彼女については来てくれるものの、暇らしく、いつも店先で林檎《りんご》をかじったり通りゆく婦人たちに挨拶したりしている。

鋳型に流し込んだガラスを、アメリはローラーで平らにしていた。額には汗が浮かび、普段着用のモスグリーンのドレスも汚れている。今の彼女を見て、伯爵家の令嬢、もしくはこの国の王太子の元婚約者だと気づく人はいないだろう。

「終わりじゃないわ。真実が見えるまで、少し休憩しているだけ」

本当は、真実を待っているだけではない。

少しでも、カイルを近くに感じていたかった。

彼のいるロイセン城を毎日眺めたかったし、いずれは彼が治めるであろう王都の大聖堂を、どこの大聖堂よりも美しく改修したかった。

カイルのことを思い浮かべながらガラス造りに励むアメリに、ヴァンが思慮深い眼差しを注ぐ。

「なるほど。悔しいが、アメリ様はあの悪獅子に惚《ほ》れているわけですね」

「……え？」

ヴァンの言葉に、アメリはローラーを転がす手を止めて、顔を上げた。

（私が、カイル様に惚れている……？）

心の中で反芻《はんすう》すればするほど、肯定するかのように顔に熱が集まる。

今まで異性に好意を寄せたことがないので、初心《うぶ》なアメリは、ヴァンに言われるまで自覚したことがなかった。

いつからだろう、と物思いにふける。

（きっと、夜の中庭で抱きしめられた時からだわ……）

彼の肌の温もりと唇の感触に、身が焦がれるような想いがした。

彼のことが知りたくて、彼の心に寄り添いたくて、胸が苦しかった。

そんなアメリを、薄く微笑みながらもどこか寂しげな瞳でヴァンが見つめている。

「ミハエルはいるか？」

その時、戸口に人影が差した。

三角帽子を被った貴族風の装いの男が、従者を従え店内を覗き込んでいる。

突然の来訪に、アメリはいささか驚きながら手を止め、男を観察した。

小太りで、お世辞にも見栄えがよいとは言いがたい顔の男だった。目が小さく顔は四角い。口元には、無骨な顔に不似合いな高慢な笑みを浮かべている。

店の奥にいたミハエル老人が、あからさまに表情を曇らせながら出てきた。

その手には、小さな麻袋が握られている。

「ドーソン伯爵。今日のところは、これでお許しください……」

どうやら、彼がこの街の権力者であるドーソン伯爵らしい。

ドーソン伯爵はミハエル老人から麻袋を受け取ると、馴れた手つきで口を封じていた紐《ひも》を解いた。肉厚な掌に、金貨が三枚こぼれ落ちる。

「うむ、いいだろう。債務期限は、これからもきちんと守るように」

「……はい」

頭を下げたミハエル老人は、悔しそうに歯を食いしばっていた。

「ところで、助手を雇ったのかね？」

ドーソン伯爵の視線が、老人の頭からアメリへと移る。

全身を上から下までねぶるような目つきに、アメリは背筋に鳥肌が立つのを感じた。

「見かけない顔だな」

「その娘さんは、助手ではございません。ご厚意で、私の仕事を手伝ってくださっているのです」

ミハエル老人の声に、ほう、とドーソン伯爵は声を出す。

「お優しいご婦人だ。見かけだけでなく、心までお美しいとは。こんなところで金にもならん仕事をしているなど、もったいない。どうだ、私の邸で働かないかね？　金ははずむぞ」

（ガラス工房を、こんなところ呼ばわり？）

アメリはムッとしたが、怒りをどうにか呑み込んだ。

ドーソン伯爵に盾突いたら、借金をしている様子のミハエル老人が不利益をこうむりかねない。

「ありがたいお言葉ですが、伯爵様。私はこのお仕事が気に入っておりますので、辞めるつもりはございません」

高慢そうな伯爵の機嫌を損ねないよう、気持ちとは裏腹に微笑む努力をした。誘いを無下に断られても、自分に向けられたアメリの笑みに満足したのか、伯爵は鼻の下を伸ばす。

「そうか、それは残念だ。だが、気が向いたらいつでも来るがいい。歓迎してやるぞ」

「ありがとうございます」

最後に伯爵は、戸口にいるヴァンを警戒するように見やりながら出ていった。

凄んだ目をしたヴァンが、無言の圧力を送っていたからだろう。

「いけすかない男だ。あの伯爵に、金を借りているのですか？」

ドーソン伯爵の姿が見えなくなってから、ヴァンが忌々しげにミハエル老人に問いかけた。ミハエル老人は丸椅子に座り込むと「そうだ」と力なく答える。

「シルビエ大聖堂のステンドグラスの改修費を、全額借りている。改修はわしが勝手にやっていることだからな。どうしても金が必要だった」

「そんな……。国からは、お金は出ないのですか？」

「壊されるかもしれないものを直す老人の気が知れないと、バカ者扱いだよ。ただでさえ、戦争に備えて金が要る時世だ。老人の余興に付き合ってくれるような、寛容な国ではない」

「まあ、そりゃそうだよな。じいさんの気持ちも、わからないことはないが……」

気の毒げに眉を寄せながらも、ヴァンが納得の声を出す。

「では、先ほどのお金はどこから……？」

アメリは不思議だった。

ミハエル老人はシルビエ大聖堂のステンドグラス造りに専念しているため、店は機能していない。おそらく、収入はないに等しい状態だろう。

「フィリックス様が、街を訪れるたびにくださるんだ」

「フィリックス様……？」

聞き覚えのない名前に、アメリは首を傾げた。

「詳しい素性は知らない。どこぞの国の商人だとは聞いた。ときどきリエーヌを訪れて、困っている者に援助をしてくれるんだ。だから、この街の人間は皆フィリックス様を慕っているのさ」

漠然とした不安、そしてカイルへの行く当てのない恋心を抱えつつも、リエーヌでの毎日は充実していた。

アメリは、日々ガラス造りに励んだ。

珊瑚色、若草色、金糸雀色、菫色。

シルビエ大聖堂を彩る唯一無二の美麗なステンドグラスを造るために、彼女は母から教わったさまざまなガラス色素の調合技術を駆使した。幼い頃から繰り返し指南を受けてきたため、数多《あまた》のガラス色素のレシピは完全に頭に入っている。

ガラスの色は、石などに含まれる金属酸化物を加えることによって作り出される。例えばコバルトであれば青、マンガンであれば紫というように、合成される色は金属酸化物によって異なってくる。さらに細かな色彩の変化は、湿度や温度などの緻密な条件変化によってもたらされた。より複雑な色は、植物などから抽出された染料を混ぜ合わせることでようやく完成する。

ミハエル老人は、アメリの色に関する知識量の多さに驚いていた。

母に聞いた遠い南国に伝わる色言葉を教えれば、ミハイル老人は感心したように聞き惚れ、その意味合いをもとにステンドグラスに描く模様の色配置を決めていった。

鮮やかに彩られた美しいステンドグラスが、着々と数を増やしていく。

そのうちに、見かけない女がミハエル老人の工房で見たことのない色のガラスを造っていると噂が流れ、野次馬が来るようになった。

アメリは、訪れる人々のために、余ったガラス液で小さなガラス玉を作ってプレゼントした。

幼い頃から、母の真似をしてガラス玉をよく作ったのでお手のものである。

パイプの先にわずかなガラス液を巻きつけ、息を吹き込めばあっという間に完成だ。細かな工程が必要となるガラス細工に比べれば簡単な代物《しろもの》だが、それがこの街の人たちには物珍しいらしく、色鮮やかなガラス玉は瞬く間に評判を呼んだ。

次第にガラス工房には人が集まりはじめ、誰からともなくガラス造りの手伝いをするようになった。

いつしか、ミハエル老人のガラス工房は、四六時中人々の話し声が溢れるようになっていた。

そしてあっという間に、アメリが城を出てから三週間が過ぎたのである。

「そろそろ、フィリックス様がこの街に来る頃じゃないかね」

ある日の夕方、いつものように酒場の開店準備をしていたエイダンが、急にそんなことを言いだした。エイダンとは、アメリとヴァンが世話になっている宿屋の女主人のことだ。

まだ一歳にも満たない赤ん坊がいるが、赤ん坊の世話はエイダンとは対照的なひょろひょろ体型の夫に任せきりである。エイダンのほうが要領がよく切り盛り上手だから、自然とこういう役割分担になったらしい。

この三週間の内に、アメリはフィリックスという商人の名前を何度も耳にした。どうやらフィリックスは困窮している人や子供に繰り返し援助をしているらしく、街の人たちから驚くほどの信頼を得ていた。

言わば、悪名高いこの国の王太子とは真逆の存在だ。

「噂のフィリックス様ね。お会いしたいわ」

カウンター向こうで皿を拭きながら、アメリは答えた。彼女は今ではエイダンともすっかり打ち解け、ヴァンと同様、毎夜のように宿屋に併設しているこの酒場の手伝いをしている。

「ははっ！　きっとアンタ、惚れるよ。いい男だからさ」

弾力のありそうなわき腹に手をやり、エイダンが豪快に笑う。

「そんなに素敵な方なの？」

するとエイダンは、アメリの耳元に手を当てて冗談交じりに囁きかけた。

「そうだね。正直、あんたの連れの色男よりも上だよ」

店の外で、酒樽を転がしているヴァンがくしゃみをする声が聞こえる。

ふたりは、顔を見合わせて笑った。

「だが、期待はしないほうがいいよ。あのお方は、女に興味がないようだから」

「あら、そうなの？」

「だから、迂闊《うかつ》に喋《しゃべ》りかけないほうがいい。でも、中身はお優しい方だからね。近寄りがたくても、皆に慕われているってわけさ」

宿のほうから、赤ん坊の泣き声がけたたましく聞こえた。

おむつかミルクの時間だろう。

「ちょっとあんた、ちゃんと面倒見てんのかい⁉」

酒場と宿を繋ぐ戸をバンッと開け、夫を叱るためにエイダンがドシドシと歩みだす。

（嫌がられるかもしれないけれど、もしもフィリックス様にお会いできたら、大聖堂改修の資金援助のお礼を言いたいわ）

残されたアメリは、皿を拭きながらそんなことを思った。


数日後、仕上がったステンドグラスのうちの一枚を取りつける作業が行われた。

シルビエ大聖堂は、扉を開けると拝殿に向けて赤い絨毯が伸び、両側に長椅子が整然と並ぶ厳かな造りだ。

天井は高く、上部に十二枚の細長いアーチ形のステンドグラスが取りつけられているのだが、どれもなんの絵が描かれているのか判別できないほど老朽化していた。

男たち数人の協力のもと、そのうちの一枚を取り外し新しいものと取り換える。

生まれ変わったステンドグラスが日の光を受けてキラキラと輝くなり、そこかしこから歓声があがった。

「なんて、美しいんだ……」

そこには、この国のシンボルである獅子が描かれていた。

デザインを考えたのはミハエル老人だが、染料を調合したのはアメリだ。

黄金色の空を天高く昇る水色の獅子は、見る者に自由と平和を連想させた。

この国が滅びの危機に瀕《ひん》していることなど嘘のように、神々しい。

(カイル様にも、見せてあげたい)

その夢が、叶う日は来るのだろうか。

アメリは切ない気持ちになりながらいつまでもそのステンドグラスを見上げていた。

大聖堂を出ると、辺りはすっかり夕暮れの空気に包まれていた。

茜色の光が通りを朱色に染め、家路を急ぐ人々を照らしている。

燃えるような夕日が、なだらかな山並みの向こうに沈んでいくのを眺めながら、アメリとヴァンは宿屋へと早足で歩んだ。

「エイダンさんに頼まれまして、俺は今夜はエイダンさんの知り合いの店を手伝いに行きます。アメリ様、おひとりで大丈夫でしょうか？」

宿屋に着くと、ヴァンが心配そうに言った。彼がいると女性客が増えると噂になり、このところあちこちの酒場から助っ人の声をかけられているようだ。

「大丈夫よ、ヴァン。もう子供じゃないんだから」

「しかし、変な男に絡まれないか心配です」

「エイダンの店に変な人は来ないわ。みんな、エイダンを怖がっているもの。だから、大丈夫よ」

「……わかりました。それもそうかもしれませんね。あの女主人には、手練《てだ》れの騎士でも敵わないかもしれない。ですが、今日は早めに切り上げて部屋に戻ってください」

「わかったわ」

ヴァンは、アメリのことにかけては心配症だ。

そんな彼を安心させるようににっこり微笑むと、アメリは酒場に入っていった。

エイダンの店は、料理がおいしいと評判だ。とくにエイダンの作る羊のほほ肉のスープは好評で、遠方からはるばる食べに来る旅人もいる。

店内は小ぢんまりしているわりに席は充実していて、テーブル席とカウンター席、それからテラス席まである。とはいえ、普段であれば、日が暮れて間がないこの時間に混むことはまずない。

だが、今日はすでに人でごった返していた。

エイダンは、木製の皿に入れた料理を両手に持って、客で溢れる店内をあくせくと動き回っている。

「アメリ、遅かったじゃないか」

「今日はずいぶん人が多いのね、エイダン」

エイダンから皿を受け取りながら、アメリは店を見渡す。ほぼ満席だ。

「フィリックス様が、おいでになっているのさ。皆フィリックス様にひと目お会いしたくて、集まっているんだよ」

どうやら、噂の商人フィリックスにようやくお目通りできるようだ。

アメリの目の輝きに気づいたエイダンが、「カウンターの端に座っている男だよ」と耳打ちしてから、手を挙げている客のもとへ「あいよ～！」と向かった。

エイダンの言うように、カウンターの端にはフィリックスらしき男が座っていた。

プールポワンと呼ばれる紺色の丈の短い上着に、グレーのズボンを穿いている。プールポワンにはフードがついていて、頭がすっぽりと覆われていた。

隣にいる壮年の男がしきりに話しかけているが、グラスを手にしたフィリックスはときどき短い頷きを返しているだけだった。

ステンドグラスの改修費のお礼を言うタイミングを見図ろうと、アメリはカウンター向こうに潜り込んだ。フィリックスは女嫌いだと聞いたので、慎重に行動したほうがよいだろう。

「アメリ、葡萄酒を三杯用意して！」

「わかったわ」

客席から投げかけられたエイダンの声に従い、グラスを三つ用意して葡萄酒の瓶を手に取る。その隙にちらりと前にいるフィリックスに視線を投げかけた。

そして、驚きのあまり瓶を落としそうになる。

目の前で、忘れもしない、ふたつの天色の瞳がアメリを凝視していたからだ。

瓶を手にしたまま、アメリは硬直した。

「どうして……」

失神しそうなほどの驚きと、頭の中を駆け巡る無数の疑問は、そんな短い言葉にしかならなかった。

そこにいたのは、紛れもなくカイルだった。

紺色のフードからは鳶色の髪がこぼれていて、鋭利な刃物のように鋭い瞳は、相変わらず見る者に戦慄《せんりつ》を与える。

カイルのほうでも、突然のアメリの出現にかなり驚いているようだった。

隣の男に相槌《あいづち》を打つのも忘れ、凍ったようにアメリの顔を見つめている。

「フィリックス様、聞いていらっしゃいますか？」

隣の男が、訝《いぶか》しげに聞いている。

そうだ、彼はフィリックスなのだ。

この街の人間に慕われている、近寄りがたくも慈悲深い異国の商人なのだ。

だが、彼はどこからどう見てもあのカイルだった。

アメリの元婚約者で、彼女を城から追い出した張本人。

誰しもに忌み嫌われている、この国の王太子。

カイルが自分のほうに全く反応を示さないので、隣の男はどこかに行ってしまった。

隣の男がいなくなるなり、カイルが混乱しているアメリの腕をカウンター越しにつかんだ。彼が男であることを知らしめるような握力に、固まっていたアメリはハッと我に返る。

「……お前、こんなところで何をしている？」

冷たい声だった。思いがけず、アメリの胸がぎゅっと軋んだ。

「……あなたこそ、どうしてこんなところに？」

どうにか落ち着いた返事はできた。状況はまだ呑み込めていないが、彼が自らの素性を隠しているのだけはわかったから、名前は伏せる。

カイルはアメリの手を捕らえたまま離そうとしない。

いつまで経っても、お互いがお互いの質問に答えようとはしなかった。

「あなたは……」

先に口を開いたのは、アメリだった。

「どうして、偽りの名を使っているのです……？」

ひとつ、わかったことがある。

街の人は、カイルの素顔を知らない。鉄兜を外すまで、城でもそうであったように。

カイルは、街の人々にとっては商人フィリックス以外の何者でもないのだ。

アメリは、自分の手首を握ったままの彼の手に、掌をそっと重ねた。

日々剣を握っているカイルの手の皮は厚く、見かけよりもごつごつしている。

（大きな手……）

指先で手の甲を撫でれば、彼は目に見えて表情を強張《こわば》らせ、弾かれたように手を放した。

「お前には、関係ない」

それきり瞳を伏せ黙り込んでしまったカイルは、その言葉通りもうアメリとは関わるつもりがないようだった。

（やっぱり、私は嫌われているのだわ……）

ドレスの贈り主がカイルだったと知っただけで、浮かれていた自分が恥ずかしくなる。彼女が城を出てから、もう一ヵ月近くが経とうとしている。たとえあの時はアメリに好意を寄せかけていたとしても、とっくに冷めているに違いない。

虚しくなったアメリは、カウンターを離れ、業務に徹することにした。

フィリックスとして街の人々を援助する一方で、同時に悪行も働いている彼の真意を知りたい。

でも、聞くのが怖い。

自分を拒絶する、あの瞳を直視できない。

カイルに冷たくされることなど日常茶飯事だったはずなのに、いつからこんなに弱くなってしまったのだろうと悲しくなる。

次第に夜は深まり、酒場は香ばしい料理の湯気と人々の笑い声に満ちていく。

アメリとは関わりたくないはずなのに、カイルは一向に店を離れる気配がなかった。きっと、フィリックスとしての彼を慕っている人々が、しきりに彼のもとへ挨拶に来るからだろう。

「アメリさん」

沈んだ気持ちのまませわしなく動き回っていると、不意に名前を呼ばれた。戸口近くのテーブル席に、ステンドグラスの取りつけを手伝ってくれた男たちが座ってニコニコと手を振っている。

にわかに、アメリの表情が明るくなった。

「皆さん、いつからいらっしゃっていたの？」

「少し前からだよ。アメリさんがいるんじゃないかって期待してね。そうだ、また俺たちの力が必要な時は呼んでくれよな。アメリさんのためなら、いつでも行くから」

「ありがとう、皆さん。助かるわ」

彼女が微笑みその場を去ろうとすると、「ちょっと待ってくれ」と背中に声がかかった。

振り返れば、酒が入って陽気な男たちが意味深な笑みを浮かべている。

「どうしたの？　注文かしら？」

　アメリが首を傾げれば、男のひとりが真ん中にいる若い男を「ほら、さっさと誘えよ」とにやつきながら肘で小突いた。短く刈った黒髪に日焼けしたたくましい体つきの彼は、たしか街の外れにある葡萄農園の息子だ。

　酒のせいか顔の赤い男は、頭の後ろをかきながら「あの、アメリさん」と遠慮がちに声を発した。

「はい？」

「今度、よかったら一緒に宵祭りに――」

　――ダンッ‼

　葡萄農園の息子のセリフは、言い終わらないうちに問答無用で断ち切られた。

　突如振ってきた短剣が、彼の顔面すれすれをかすめ、音を響かせテーブルに突き刺さったからだ。

「うわぁっ！」

　驚いた葡萄農園の息子が、椅子を倒しながらテーブルから跳ねのく。

　ほかの男たちも、一同に言葉を失っていた。

「……え？　フィ、フィリックス様……？」

　短剣が飛んできた方向を目で追った萄農園の息子が、状況を呑み込めていない声を出した。

フードを被ったままのフィリックス——もといカイルが、葡萄農園の息子に殺伐とした眼光を注ぎながら、テーブルへと近づいていたからだ。

今の今まで活気に満ちていた酒場が、シン、と静まり返る。

皆の視線が、アメリたちのいるテーブルに集中していた。

カイルが、立ち尽くしている彼女へとゆっくり顔を向ける。

呆気に取られているアメリと、怒り顔のカイルの視線がぶつかった。

「来い」

アメリはカイルに腕を取られ、引っ張られるようにして酒場の外へと連れ出された。

日が落ち闇に包まれたリエーヌの街を、家屋から漏れる明かりだけを頼りに、アメリの腕を引いたカイルはぐいぐいと進んでいく。

彼女がどんなに頑張っても振り払えないほどの、強い力だった。

「……どこに行かれるのですか⁉」

問いかけても、カイルはアメリを振り返ろうともしない。

シルビエ広場に辿り着いたところで、彼はようやくアメリの腕を放した。

日中は必ず人のいるシルビエ広場だが、今の時間は閑散としていた。

暗闇の中、老朽化した大聖堂のシルエットが浮かんでいる。

生暖かい、夏のはじめの夜だった。

空には星が瞬き、噴水の水面には、丸みを帯びた半月がゆらゆらと姿を映している。

カイルは立ち止まると、ようやく後ろを振り返った。

夏の匂いのする夜風が、彼の頭を覆っていたフードを外した。

猛々しい鳶色の髪が、闇に露わになる。

「どうしてまた俺の前に現れた？　どうして家に戻っていない？」

イラ立った口調で、カイルが聞いてくる。

「……確かめたいことがあったのです」

「確かめたいこととは、なんだ？」

「街で度々あなたが乱暴を働くという噂についてです」

アメリの返事に、天色の瞳が一瞬見開かれる。

だが、すぐに冷淡な落ち着きを取り戻した。

「……それで、何がわかった？」

「噂は、本当でした。街では、あなたの悪い評判しか聞きませんでした」

フッと、カイルが口元に嘲笑的な笑みを浮かべる。

「だろうな」

「でも、フィリックス様のよい噂はたくさん聞きました。街の人たちは、フィリックス様としてのあなたを、信頼して慕っています」

アメリを見つめる天色の瞳は、まるで鋭利な刃物のようだった。

彼女の身も心も、今にもズタズタに斬りつけてしまいそうなほど冷たい。

けれども、アメリは怯まなかった。

事情はつかめないが、身分を偽り街の人々を救っていた時点で、彼の本性がわかったからだ。

「本当のあなたは、弱き者の味方で、優しくて、慈悲深い」

自分の頬を流れる涙を拭ったキスの感触を、今でもはっきり覚えている。

優しくて柔らかくて、溶けてしまいそうなほどに温かかった。

「それなのに、どうして本当の自分を隠そうとするのですか？」

カイルが、唇をきつく引き結んだ。

感情を消失させた鋭い瞳は、アメリには泣いているようにも感じられた。

クスリと彼がまた笑う。

アメリが何度も見たことのある、この世のすべてを蔑むような嫌な笑い方だ。

「本当の自分？　本当の俺は、この国に災いを呼ぶ存在だ」

「それは、あなたがご自分で思い込んでいるだけです」

「そうではない。生まれついて決まっていたことだ」

言いながら、カイルは自分の鳶色の髪をかき上げる。

「この髪色が何よりの証拠だ」

「……髪色が？」

「〝鳶色の王太子生まれし時、その血とともに、王朝は滅びの道を歩みたもうべし〟。何百年も前からこの国に伝わる予言だ。この国に鳶色の髪をした世継ぎが生まれた時、この国は滅びる。そういう意味らしい。俺が生まれた時、城の者は恐怖に怯え、母親は自ら命を絶った」

あまりの事の残酷さに、アメリの身体がおののいた。

震える口元を両手で覆い、込み上げる激情を抑える。

（なんてこと……）

どうしてカイルは鉄兜を頑なに外そうとしなかったのか。

どうして国王がカイルにあんなに冷たいのか。

その答えが、するすると紐解くようにわかった。

あとに残ったのは、呼吸すらままならないほどの胸の痛みだった。

「俺は、この国に災いを呼ぶ存在だ」

当然のことのように、カイルは繰り返した。

（でも、心の中では、自分でも気づかないところでこの国を救いたいと思っていらっしゃるのだわ……）

それがきっと、彼のアンバランスさの原因だ。

本来あるべき災い主としての自分と、胸の奥に芽生えたこの国の平和を望む自分。両極端なふたつの感情に悩まされ本当の自分を見失ったカイルは、長い間ひとり孤独に戦ってきたのだろう。

「わかったなら、もう俺に関わるな」

吐き捨てるように言うと、彼はアメリから顔を逸らした。

そんなカイルに歩み寄ると、アメリは彼の手を取り、両手で柔らかく包み込んだ。

間近で、驚いたようにカイルが彼女を見る。

「カイル様」

泣きたくなるのを必死にこらえて、アメリは微笑んだ。

やはり彼は、ここで朽ち果てていい人間ではない。

頑強な鎧で心を覆っている彼に、道しるべを作ってあげなければいけない。

自分では力不足かもしれない。

けれども、やらずにはいられない。

どうしようもなく胸が苦しくなるほどに、今目の前にいるこの人を愛しく想うから。

「……一緒に来てくださいますか？」

カイルの手を引くと、アメリはシルビエ大聖堂へと導いた。

彼は束の間拒んだものの、アメリがぎゅっと彼の手を握れば抵抗しなくなった。彼女の強い意志を、汲《く》み取ってくれたのかもしれない。

礼拝堂は、進むのさえ困難なほど真っ暗だった。

けれども、アメリとカイルが奥へと歩むにつれ、拝殿の向こうにキラキラと宝石のような輝きが現れる。

拝殿の手前で立ち止まると、アメリは昼間に取りつけたばかりのステンドグラスを見上げた。

（天色の光……。ああ、奇跡だわ……）

月の光がステンドグラスに重なり、宝石の粒のような天色の光を床に落としている。

ステンドグラスに描く獅子のために彼女が調合した染料は、水色だった。
とりわけ細かな技術を要する天色の調合は、アメリの力では難しかったからだ。
けれども、月の光と重なることによって水色は天色に姿を変えていた。
ちょうど月の光がステンドグラスに重なったことによって、成し得た奇跡だ。
(きっと、この方をここにお連れしたからだわ)
隣で、アメリを見つめているカイルに視線を注ぐ。
月も、闇も、風も、雲も。
地上をさまよう人間は知らなくても、森羅万象は知っているのだ。
そして、静かに称えているのだろう。
この国の〝希望〟である、尊い王太子の存在を。
「カイル様」
アメリは跪《ひざまず》くと、彼の手の甲に厳かに唇を落とした。
「たとえこの世のすべてがあなたを拒絶し忌み嫌おうと、私は信じております」
再び手を取り、微笑を浮かべ、険しい顔をしているカイルを見上げる。
「あなたはこの国をお救いになる、唯一無二の希望の光です」
大きな掌に、頬を寄せる。

しばらくの間、カイルはなされるがままアメリに掌を預けていた。

けれども、やがておもむろに動いた指がアメリの顎先を捉えた。

カイルの動きに身をゆだねるように、彼女は目を閉じる。

額、瞼、頬。まるで存在を確かめるかのように、アメリの雪のように白い肌をカイルの指先が滑っていく。

やがて指は、唇に触れた。

柔らかな感触を指先に刻むように、ゆっくりと形がなぞられる。

アメリがそっと瞼を開ければ、天色の瞳が、どこか艶めいた眼差しを浮かべて彼女を見ていた。

「俺は……」

何かを言いかけて、カイルは口を閉ざした。

そして、一瞬だけ苦悶《くもん》の表情を見せる。

やがて彼はアメリの顔から手を離すと、彼女との繋がりを断ち切るかのように顔を背ける。そして、拝殿に佇《たたず》むアメリをそのままに、ひとりで大聖堂をあとにした。

獣の怒り

アメリが遅れて大聖堂を出ると、カイルはまだ広場に佇んでいた。そしてアメリのあとを追うように歩くと、宿屋に着くなり忽然《こつぜん》といなくなった。

道すがら、カイルがアメリに話しかけてくることはなかったが、もしかしたら意図して夜道を送ってくれたのかもしれない。

あれほど歩み寄ったのに、彼が心を開いてくれなかったことは悲しかった。

翌日、アメリは沈んだ気持ちで朝を迎えることとなる。

「アメリ、ちょっと話があるんだけどさ」

昼前。いつものようにガラス工房へ赴く寸前に、アメリは宿屋の前でエイダンに呼び止められた。

昨夜よほど飲まされたのか、二日酔いで寝込んでいるヴァンは部屋に残してきた。

「フィリックス様と知り合いなのかい？　昨日はあれから大騒ぎになっちまってね」

「ええ、少しだけ面識があるの。昨夜は、途中でいなくなってごめんなさい」

どう答えたらいいのかわからず、曖昧な返答に留める。

「いいんだよ。ところで、聞きたいんだけどさ」

エイダンは辺りをきょろきょろと見回しながら、声を潜めた。

「あの人は何者なんだい？　昨日あの人が残していった短剣が、王族しか持っていない特殊なものだと鍛冶屋が言いだしてね。フィリックス様は本当に商人なのかって、巷《ちまた》でざわついているんだ」

アメリは返事に困った。だがすぐに、カイルが街の人々に身分を偽っている以上、自分が本当のことを告げるべきではないと判断する。

カイルが心の鎧を脱いだ時、街の人々は自ずとこの国の王太子の本当の姿を知ることになるだろう。

だが、それは今ではない。そんな日がこの先に訪れるのか、今はわからないが。

「そうかい。言いたくないのなら、いいよ」

困惑の表情を浮かべるアメリを気遣うように、エイダンが言う。

「あんたが言いたくないのなら、よほどのことなんだろ。私は、あんたのことが好きだからね。あんたの気持ちを尊重するよ」

「エイダン……」

「私だけじゃないよ。この街の人間は、皆あんたが好きだ。あんたがこの街に来てミハエル爺《じい》さんのガラス造りを手伝うようになってから、皆なんだか生き生きしてる。こんなご時世なのに、驚きだよ。だから感謝してるんだ」

エイダンの思いがけない言葉に、アメリはきょとんとする。

そんな彼女を見て、エイダンは丸々とした顔に悪戯っぽい笑みを浮かべた。

「まあ、ちょっと痩せすぎだと思うがね。もっとしっかり食べなきゃ、いいダンナを捕まえられないよ。さ、早くミハエル爺さんのところに行ってきな！」

エイダンに尻をバシンと叩かれ、アメリは送り出された。

（エイダン、力強すぎ……）

お尻は痛いけれど、心は温かかった。

カイルに冷たくされたことで沈んでいた気持ちが、晴れやかになる。

（くよくよしていても仕方ないわ。今日も、頑張らなくては）

そう思い直し笑顔を作ると、心の中でエイダンに感謝しながら、アメリは夏の陽気の中を駆けていった。


異変は、そのすぐあとに起こった。

アメリが、ミハエル老人の工房のある商業通りを小走りに駆けている時のことだった。道の途中に人だかりができているのに気づき、足を止める。

ざわつく人々の中からは、けたたましい子供の泣き声が聞こえていた。

「かわいそうに、まだ子供じゃないか」

「相変わらず、ひどい男だ」

野次馬たちのそんなヒソヒソ声が気になったアメリは、人込みの中を覗き込む。

そして、あっと声をあげそうになった。

道端で、鉄兜を被った男が、年端もいかない子供に剣を突きつけていたのだ。

「お許しください。この子も、悪気があって王太子様の馬を小突いたわけではないのです。ほんの遊び心です、わかってやってください」

着古した衣服を身にまとった子供が、わあわあと泣きじゃくっている。その肩を抱き必死に懇願している中年の男は、おそらく子供の父親だろう。

「うるさい。子供だろうと大人だろうと、関係ない。俺は、そいつのせいで落馬しかけたんだぞ？」

鉄兜の向こうから、低い男の声がする。

（違う……）

アメリは、身体の奥底から怒りが込み上げてくるのを感じた。

（装いはたしかに似ているけれど、あの人はカイル様ではないわ）

鉄兜を被り藍色のマントを身にまとった男は、一見してかつてのカイルを彷彿とさせた。子供もその父親も、ここにいる人すべてが彼をカイルだと思い込んでいる。だが、アメリにはわかった。１９０センチ近くあるカイルに比べれば、目の前の男は背が低い。高めに見ても、１７０センチ後半といったところだろう。手足の長さも全く違う。

彼は、この国の王太子の名を騙《かた》る偽者だ。

――バシッ！

鈍い音がして、アメリはハッとした。

鉄兜の偽者が、泣きじゃくる少年の頬を手ではたいたのだ。

真っ赤に腫れた頬を手で押さえると、少年は火がついたように一層大声で泣き喚いた。

「今日のところはこれで許してやる。今度同じことをしたら、首をはねるからな」

人を小馬鹿にするような声が、鉄兜の向こうから聞こえた。

父親は嗚咽を漏らす息子をかき抱き、悔しそうに鉄兜の男を睨んでいる。

「なんてことを……。噂通りの悪魔だな」

「最低の人でなしだ。あんな男が王位を継ぐと思うと、ぞっとする」

カイルへの非難の声が、あちらこちらであがる。

（違う、違うわ……！）

カイルは、たしかに横暴だ。

訓練中に騎士たちに厳しくしたり、従者に冷たく当たったりする姿を何度か見たことがある。

だが、彼は子供には決して手を上げなかった。大人に手を上げる時だって、度は超えているかもしれないが判然たる理由があった。

弱き者に対しての理不尽な暴力は、絶対に振るわない。

（噂の原因は、あの偽者だったのね……）

あの鉄兜の偽者は、カイルが常日頃から鉄兜を被っているのを利用して、こうやって街で悪行を繰り返してきたのだろう。

悔しくて、アメリはどうにかなりそうだった。

鉄兜の男は、騒然とする街の人々を満足げに眺め回すと、停めていた馬にひらりと飛び乗り手綱を引いた。従者らしき服装をした男がふたり、その後ろにつき従う。

事の成り行きを見守っていた群衆が怯えたようにぞろぞろと動き、彼に道を空けた。

今だ、と思ったアメリは、意を決して馬に跨《また》がる男の前に立ちふさがる。

「お待ちください」

「なんだ、お前は」

鉄兜の男が、忌々しげに手綱を引く。

アメリは、エメラルドグリーンの瞳で顔の見えない男をきつく見据えた。

「カイル様のお名前を騙るあなたは、どなたですか？」

「は？　何を言っておる」

「あなたは、この国の王太子カイル・エリオン・アルバーン様ではございません」

鉄兜の男が、一瞬息を止めたのが気配でわかった。

「あれは、アメリさんじゃないか」

「どういうことだ？」

途端に、群衆たちに動揺の波が広がる。

「私は、カイル様の素顔を存じております。今すぐにその鉄兜を取って、正体をお見せください」

カイルが、アレクに見せた優しい眼差しを覚えている。

そのカイルの名前を騙って、子供に暴力を働くなど許せない。

一歩も譲らずにきつく男を睨むアメリを、鉄兜の男はしばらくの間黙って見下ろしていた。

「……ふざけるな。俺が、偽者だと？　女よ、この俺を侮辱したらどうなるかわかって言っているのか？」

やがて鉄兜の向こうから聞こえてきたのは、怒り露わな声だった。

「怒る気持ちはわかるが、よりもよってあの王太子にあんな嘘を言って、大丈夫なのか？」

「王太子の気持ちを害したら、大変なことになるぞ……」

不意に耳に飛び込んできたそんなヒソヒソ声に、アメリは耳を疑う。

あろうことか、群衆はアメリの言葉を信じていないようだった。

目の前の鉄兜の男がカイルだと、完全に思い込んでいる。

彼らにとって、アメリは横暴な王太子に歯向かう向こう見ずな女にすぎないのだ。

彼女が予想外の展開に怯んだのを、鉄兜の男は見逃さなかった。

「俺を侮辱した罰として、この者を連れていく！　ただちに捕らえよ！」

瞬く間にアメリのもとに駆け寄ってきたふたりの従者が、両脇からがっちりとアメリを捕らえた。

そのまま無理やりに、華奢な彼女の身体を鉄兜の男が跨がる馬の上へと押し上げる。

「放してっ！」

「うるさいっ！」

男の腕の中でアメリは暴れたが、首の後ろに手刀で衝撃を加えられる。

みるみるうちに視界が霞《かす》み、意識が遠のいた。

ぐったりとしたアメリの身体を鉄兜の男は片手で抱くと、勢いよく鞭《むち》をしならせ道の先へと馬を走らせた。

＊　＊　＊

ロイセン城の王の間で、玉座の隣に座ったカイルは、ひじかけに頬杖《ほおづえ》をつき物思いにふけっていた。

目の前では、ハイデル王国とは反対に位置する隣国カダール王国の使者が、王に恭しく頭を垂れている。

カダール王国はできたばかりの国で、軍事力が弱い。だからあらゆる国と同盟を結び、和平的に生きようと考えているのだろう。国民性も穏やかで、戦を好まないと耳にした。

「陛下、貢ぎ物でございます」

「おお、立派な絹だ。さすが、養蚕業が盛んな土地の品物は違うな」

「恐れ入ります」

王の前に差し出された円柱型をした絹の巻物の山が、カイルの視界に入る。エメラルドグリーンの衣が目につき、ふとアメリの瞳を思い出した。

途端に、胸の奥から激しい熱情が湧いてくる。

昨夜手の甲に落とされた彼女の唇の感触が、肌に蘇った。

夜のシルビエ大聖堂で、月明かりを通したステンドグラスの光の中に佇む彼女は、この世のものとは思えないほど神々しかった。

光を受けた艶やかな髪は、まるで真昼の海のようにいくつもの色に輝いて見えた。その情景が、瞳の奥に焼きついて離れない。

こんなにも美しいものが存在するのかと驚き、同時に自分との間に果てしない距離を感じて、胸がえぐられたように苦しかった。

何度も思い返す。

『俺は……』

災いの王太子として生きてきた己を〝希望の光〟と謳《うた》ったアメリに、自分は何を言いかけたのだろう。

その時、扉の向こうがにわかに騒がしくなる。

「ヴァン、何をしに来た⁉」

（ヴァン……？）

カイルは眉をひそめる。

ヴァン・オズボーン・アンザムは、ウィシュタット伯爵からアメリの護衛を任されている騎士だ。アメリに最も近しい存在である彼に、幾度嫉妬したことだろう。

アンザム家は、もとはハイデル王国の重鎮だった。だがヴァンの父親は宰相を毒殺した疑いをかけられ、投獄の末獄中で死んだと聞いた。投獄前に、彼は命がけで息子のヴァンをロイセン王国に亡命させたらしい。

（なぜあの男がここにいる？）

胸騒ぎを覚えたカイルは、謁見中にも関わらず立ち上がり玉座の隣を離れる。

扉を開ければ、ヴァンが衛兵と向かい合って立っていた。その顔は、見たこともないほどに蒼白《そうはく》だ。

ヴァンはカイルを見定めるなり、地面に膝をつき頭を垂れる。

そして、悔しげに口元を震わせた。

「カイル殿下。どうか、アメリ様をお返しください……！」

ヴァンの悲痛な様子に、カイルは胸騒ぎを覚える。

「何を言っている？」

「身に覚えがおありでしょう？　カイル殿下がアメリ様を殴りつけ、馬に乗せて連れていったと街の人々から聞きました」

「殴りつけ……？」

不穏な鼓動を続ける心臓に呼応するように、声が震えた。

判断の早いカイルの頭は、すぐにこの不可解な状況を理解する。

彼はアメリを連行してなどいない。だからそれは嘘だ。だが、多くの目撃者がいる。

それはつまり、カイルのフリをした偽者がいたということだ。その偽者がアメリを殴り、どこかに連れ去った。

身体中の血が、一気に熱を持って煮えたぎるのを感じた。

怒りのあまり、細胞のすべてが殺気立つ。

カイルは、ヴァンの胸倉をつかむと、力の限り引き寄せる。

「――どこだ」

獣の唸《うな》りのような、低く殺伐とした声だった。

「彼女は、どこで俺に連れ去られたと聞いた？」

殺人すら起こしかねないカイルの剣幕に、ヴァンはみるみる表情を変えていく。

ブラウンの瞳が、動揺するように揺らいだ。

「……もしかすると、あなたではないのですか？」

カイルはヴァンの胸倉をつかむ腕により力を入れると、怒り狂う獣のごとく尖らせた瞳でヴァンを睨む。

「答えろ！」

「……リエーヌの商業通りの中ほどです」

返事を聞くなり、カイルはヴァンの胸倉から手を離した。

勢い余ってヴァンはバランスを崩し、床に倒れ込みそうになる。

「ヴァンさんっ、大丈夫ですかっ⁉」

騒ぎを聞き駆けつけた騎士たちが、慌ててヴァンを背後から支えている。

カイルは、身が引き裂かれそうなほどの憤りを覚えていた。

（彼女を傷つける者は、ひとり残らず殺してやる）

爪が皮膚に食い込むほど拳を握り締めると、カイルはアメリを求めてその場を駆けだした。

「俺も行きます！」

背後から、カイルを追うヴァンの声がする。

「お待ちくださいっ！」

すると、廊下を駆けるカイルの前に立ちはだかる者がいた。

聖職者の黒衣を身につけ、胸元でロザリオを光らせたレイモンド司祭だ。

侮蔑を含んだ表情でカイルを睨むと、レイモンド司祭は落ち着いた声で問いかけた。

「どこに行かれるのですか？」

「どけ。お前には関係ない」

「また、リエーヌの街で暴れるおつもりなのですか？　おやめなさい。無差別に人を傷つけ、これ以上国の評価を下げてはなりません。戦争前の大事な時期だというのに」

断固として道を譲ろうとしないレイモンド司祭を、カイルは豹のごとく冷徹な眼差しで睨んだ。

そしておもむろに腰から剣を抜くと、レイモンド司祭の鼻先に迷いなく突きつける。

「通さないと言うのなら、お前を斬っていくまでだ」

磨き上げられた鋭利な剣は、不気味な光沢を放っている。

レイモンド司祭は「ひぃっ」と青ざめると、その場に腰から崩れた。

「なんてことをおっしゃるのです……！　私は、聖職者なのですよ！　聖職者を殺めたら、地獄に堕ちますすよ！」

「地獄？　そんなものを、悪魔の異名を持つ俺が怖がると思うか？」

嘲笑うように喉を鳴らすと、カイルはレイモンド司祭めがけて剣を勢いよく振り下ろす。ブンッと宙空を斬った剣は、レイモンド司祭の顔の真横にある床に鈍い音をたてて刺さった。

「ひぃぃぃっ！」

ガタガタと震え、か細い泣き声をあげるレイモンド司祭。

(彼女を守るためなら、地獄に堕ちることなどわけない)

レイモンド司祭をそのままに、カイルは剣を床から引き抜くと再び駆けだした。

もともと、カイルにとってこの世界はどこもかしこも地獄だった。

アメリは、その地獄の世界に突如射したひと筋の光だった。

エメラルドグリーンの、優しさに満ちた瞳。

甘い芳香を漂わせる、絹のように柔らかな髪。

カイルのすべてを包み込み、許しを与えてくれた白く穢れを知らない掌。

『俺は……』

回廊を全速力で駆け抜けながら、カイルは昨夜アメリに言いかけたセリフを思い出していた。

夜の大聖堂で、跪きカイルを見上げたアメリの澄んだ瞳が脳裏をよぎり、心臓が鷲《わし》づかみにされたように苦しくなった。

(俺は……、お前のためなら何にでもなれる)

「カイル殿下、ヴァンさん！ 俺たちも行かせてください！」

城の門を抜け跳ね橋をヴァンとともに馬で駆けていると、後ろから蹄の音を鳴らし追いかけてくる者がいた。

「俺たちも、アメリさんを助けたいんです！」

騎士のマックスとセオだ。王の間の前にいた騎士たちの中に彼らの顔もあったから、カイルとヴァンのやり取りを聞いていたのだろう。

「好きにしろ」

彼らもアメリを特別視していることに軽いイラ立ちを覚えつつも、カイルは抵抗をしなかった。

彼女を確実に救い出すには、ひとりでも多いほうがいいと思ったからだ。

常に単独で行動をしてきたカイルにとって、初めての判断だった。

四頭の馬は各々街道を抜けると、シルビエ広場を折れ、商業通りに入っていった。

アメリが連れ去られたという粉引き屋の前で、カイルは手綱を引く。

馬に跨がった三人の騎士とカイルを見て、街行く人々は皆何事かと足を止めた。

「フィリックス様、どうしたのですか？　そんな、騎士のような形《なり》をして」

カイルに気づいた人々が、不可思議そうに聞いてきた。カイルは、フィリックスとして街に繰り出す時は、いつも商人の装いをしているからだ。

「フィリックス？　違う、この方は――」

横から口を挟もうとしたヴァンを、カイルは腕で制した。

そんなことは、今はどうでもいい。

カイルの目的はアメリだけだ。

「この中に、悪獅子に女が連れ去られるところを見た者はいるか？」

カイルの問いかけに、その場にいた初老の男が声をあげる。

「見たよ、あれはひどかった。あの悪魔め、子供に手を上げたんだ。そして歯向かったアメリさんを、侮辱した罪だと言って連れていったのさ」

「……どんな格好をしていた？」

「どんな格好って、いつも通り気味の悪い鉄兜を被っていたよ。あの王太子は、四六時中鉄兜を被っているそうじゃないか」

カイルは、歯を食いしばる。

きっとその偽者は、以前から度々悪事を働いてきたのだろう。

実際カイルは、何年か前に一度だけリエーヌで暴力沙汰を起こしたことがある。

それきり鉄兜を被った姿では、街に繰り出すことはほとんどなかった。

にもかかわらず身に覚えのない悪事話が次々と耳に入るのは、はじめの暴力沙汰が誇張され、根も葉もない噂を作り上げていったからだと思っていた。

噂とは、得てしてそういうものだからだ。

まさか、自分の名を騙った偽者がいるとは思ってもいなかった。

自分の評判など、どうでもいい。

けれどもその偽者を野放しにしていたせいで、アメリに危険が及んでしまったことを、カイルは激しく後悔する。

「どの方向に去っていったか、見たか？」

「あっちだよ。城に連行すると言っていたからな」

初老の男は、シルビエ広場の方向を指差す。街の人々はアメリが城に連行されたと思い込んでいるが、実際はそうではない。シルビエ広場から城の方向には曲がらず、リエーヌの郊外に抜けたのだろう。

リエーヌの街を出れば、緑豊かな自然が広がっている。広野の脇には森が生い茂り、かつては貴族の別荘地として賑《にぎ》わっていた。

（偽者の素性がわからなければ、探しようがない。そもそもその偽者は、どうして俺のフリをして悪行を重ねていた？　何が目的だ）

カイルは馬上でイラ立ちながら思案に暮れた。

「ところで、フィリックス様はどうしてお城の騎士を従えているの？」

「昨夜も王族専用の剣を持っていたと鍛冶屋が言っていたし、彼は何者なんだ？」

フィリックスが来たことで次第に辺りには人が集まってきたが、いつもとは違う彼の雰囲気に皆が戸惑いはじめる。

すると、人込みをかき分けカイルの前に進み出る者がいた。

ガラス職人のミハエルだ。

「フィリックス様」

ミハエルは、悲痛な面持ちでカイルに頭を垂れる。

「連れ去られたアメリさんは、この老いぼれのために毎日のようにガラス造りを手伝ってくださいました。アメリさんの作るガラス玉の評判を聞きつけ、街はずれの私の工房には、次第に人が集まるようになりました。ガラス玉の美しさだけでなく、アメリさんの心の美しさに触れ、この街は花が咲いたように明るくなったのです」

ミハエルの声に、人々が頷いている。宿屋の女主人に子供を抱えたその亭主、鍛冶屋に粉引き屋にパン屋。誰しもがアメリを心の底から心配しているのがうかがえた。

他人を惹きつける自分にはない彼女の魅力に、憧憬に似た愛おしさが込み上げる。

手綱を握る拳が、怒りで震えた。

早く彼女を連れ去った偽者を見つけ出し、八つ裂きにしてしまいたい。

「フィリックス様、お願いがあります」

ミハエルが、カイルのほうへと一歩進み出た。

「三年ほど前のことです。私の工房から出るガラス造りの臭いが不快だと、ドーソン伯爵に店を潰されかけたことがありました。ご存知の通り、あの方はこの街の権力者でして、私の店を潰すことなど造作もないことなのです。けれどもそこに鉄兜を被った王太子様が通りかかり、ドーソン伯爵を殴りつけ大乱闘になりました」

目尻にしわの寄った瞳をすぼめ、ミハエルは続ける。

「王太子様が暴れたと街は大騒ぎになりましたが、それ以来ドーソン伯爵は私の店を潰そうとはしなくなったのです。王太子様は何も言われませんでしたが、身を以て私の小さな店を守ってくれたのだと、私は今でも信じています」

ミハエルの言葉に、辺りの人々が困惑したように顔を見合わせた。

「フィリックス様」

ミハエルはそこで、懇願するように馬に跨がるカイルを見上げた。

「王太子様にあの時のような善の心が残っているなら、もしやアメリさんを解放してくれるかもしれません。お見受けしたところ、あなたは商人でありながら王族と関わりがあるようだ。王太子様にかけあって、どうかアメリさんを助けてはいただけないでしょうか？」

街の人々は、皆息を潜めながらフィリックスの答えを待っている。

「あのさあ」

すると、カイルの背後から、今の状況には不似合いな呑気な声がする。

今の今まで不可思議そうに事の成り行きを傍観していた、騎士のセオのものだった。

「さっきから何を言っているのかイマイチわからないんだけど、この方はフィリックス様などではなく、この国の王太子カイル殿下ご本人ですよ」

何げないセオのひと言に、辺りに研ぎ澄まされたような静寂が訪れる。宿屋の女主人もその夫も鍛冶屋もミハエル老人も、皆放心状態でカイルを見つめていた。

朴訥《ぼくとつ》とした赤毛のマックスに対し、優男のセオは冗談好きで軽はずみにものを言う性分だ。余計なことを、とイラ立つと同時に、カイルは素早く思考を巡らせた。

三年前、カイルがドーソンを殴ったのは事実だ。

店先で縮こまるミハエルにドーソンが悪態をついている姿を見て、虫唾が走ったからだった。

街でやりたい放題だったドーソンは、自分より権力も腕力もあるカイルにねじ伏せられ、悔しそうに顔を引きつらせていた。

それ以降、ドーソンは以前のようにひどく権力を振りかざすことはなくなった。

強欲なドーソンの不自然なほどの聞き分けのよさに、カイルは前々から違和感を覚えていた。

偽者は、どうしてカイルのフリをしていたか。

何が目的なのか。

そういえば、とカイルは弾かれたように顔を上げる。

シルビエ広場を抜けたリエーヌの郊外に、たしかドーソンの別荘があったはずだ。

金色をふんだんに使った悪趣味な建物に、見覚えがある。

（もしや、あの時の報復のために俺の評判を下げようとしていたのか。そして、偽者であることを見破った彼女を連れ去った）

カイルは手綱を引くと嘶《いなな》く馬を方向転換させ、道の先を睨みつけた。

そして呆気にとられたままの街の人々をその場に残し、リエーヌの郊外に向けて勢いよく馬を走らせた。


「うう……ん」

頭が、ズキズキと痛む。

微かなうめき声をあげながら、アメリはどうにか瞼を押し上げた。

白く靄《もや》のかかった景色が、徐々に鮮明になってくる。

アメリは、見たこともない部屋のソファーに横になっていた。

金を基調とした悪趣味なその部屋は、ソファーのほかにテーブルや飾り棚などが据え置かれ、一見して応接室のようだった。上空には丸い天窓があり、降り注ぐ光がごてごてと装飾された室内をぎらつかせている。

（ここは……？）

カイルの偽者に捕らえられ、馬に乗せられたところまでは覚えているが、それ以降の記憶が抜けている。

戸惑いつつも身を起こそうとしたところで、身体に違和感を覚えた。手足の自由がきかない。両手足を、縄で厳重に拘束されている。

ぞっとしたところで、ドアが開く音がした。

続いて、靴音を響かせながら小太りの男がこちらへと近づいてくる。金の刺繍の施された紫のジュストコールを羽織ったその男に、アメリは覚えがあった。

「ドーソン伯爵……」

四角い顔に小さめの瞳。特徴的なその顔は、一度見たら忘れないだろう。彼は、紛れもなくミハエル老人が金を借りているドーソン伯爵だった。

「目が覚めたようだね。心配したよ。弟が手荒な真似をしてすまなかった」

今の状況にそぐわない紳士的な態度で、ドーソン伯爵は頭を垂れた。

「弟……？」

「ああ。背格好が近いからね、彼にはときどき鉄兜を被って、王太子のフリをしてもらっている」

悪びれた風もなく、ドーソン伯爵はその悪行を暴露した。

扉の向こうから、男がのそりと入ってくる。

おそらく、彼がドーソン伯爵の弟なのだろう。

ドーソン伯爵より背は高く胸板も厚いが、日に焼けた動物的な顔はよく似ていた。

伯爵は四十代と思われる見かけだが、彼は三十歳前後といったところだ。

腕を組み、ふてぶてしい表情でアメリを見下ろしている。

アメリは、きつくふたりを睨んだ。

「どうして、カイル様のフリなどをするのですか」

「この国のためだよ」

瞳を三日月型に細め、ドーソン伯爵は飄々と答えた。

「三年前、あの王太子に怪我を負わされたことがある。あんな凶暴な男は、この国の王になるべきではない。そのことをわかりやすく国民に知らせるために、王太子の代わりに悪事を働いているのだ」

(もっともらしい言い方をしてるけど、ただの私怨じゃない)

アメリには、事の真相が手に取るようにわかった。

カイルは理不尽な暴力を振るうような男ではない。

詳細はわからないが、悪いのはドーソン伯爵のほうなのだろう。

そして復讐《ふくしゅう》のためにカイルのフリをして、人々に彼の悪い印象を与え続けた。

「だから、まだバレるわけにはいかないのだよ。口封じのために、君には一生ここにいてもらう」

ドーソン伯爵は不気味な笑みを浮かべると、よりアメリに近づいた。

そしてソファーに横たわったままのアメリの顔を覗き込むように、背を屈める。

アメリの背筋が、ぞくりと震えた。ドーソン伯爵のその声に、アメリを絶対に逃がさないという信念を感じたからだ。

「美しく生まれたことに感謝したまえ。君でなかったら、殺していたところだ。私はミハエルのところで君をひと目見た時から、機会があれば愛妾《あいしょう》にしてやろうと考えていたのだよ。だから、殺すどころか存分に可愛がってあげよう」

ドーソン伯爵の指が、アメリの髪に触れる。

瞬時に鳥肌が立ち、アメリは必死に頭を振ってその手を払いのけた。

アメリの反抗的な態度に、ドーソン伯爵は不快な表情を浮かべる。

「なぜ拒む？　むしろ、感謝してほしいくらいだよ。どうして王太子の顔を知っているのか疑問に思い君のことを調べたが、君はあの悪魔の元婚約者だそうだね。城から追い返された女など、誰が娶りたいと思う？　一生結婚せず孤独に生きるより、ここで私に可愛がられるほうがよほど幸せじゃないか」

「絶対に嫌だわ。あなたのものになるくらいなら、死んだほうがマシよ」

語気を荒らげれば、「ほう」とドーソン伯爵は挑発的な声をあげた。

「ならば、死ぬがいい。止めはしないよ」

ドーソン伯爵は右手を横に差し出すと、「ガスパー、短剣を」と背後にいる男に命令した。

ガスパーと呼ばれた弟は、自分の懐から短剣を取り出し兄の掌にポンと置く。ドーソン伯爵は短剣を鞘から抜くと、「さあ、どうぞ」とわざとらしいほど丁寧な口調でアメリに突きつけた。

ギラリと光る短剣を目前に晒され、アメリは委縮する。

「おお、そうだった。手首を縛られた状態では自分で刺すこともできないな。私が手伝ってやろう。だが、その前に少し楽しませてもらおうじゃないか」

ドーソン伯爵が、無力なアメリを蔑むように微笑んだ。そして手にした短剣をドレスの胸元に当てると、一気に引き下ろす。

ビリリッと布の裂ける音が静かな空間に響き渡り、胸の谷間が露わになる。

アメリはエメラルドグリーンの瞳を目いっぱい見開いて、自分の惨めな姿を見つめていた。

ゆっくりと胸を打ちつける心臓の鼓動が、アメリの耳を支配する。脳裏に鮮明に蘇ったのは、身動きの取れない状態で男たちに取り囲まれている無力な母の姿だった。あまりの恐ろしさに涙が込み上げ、悲鳴さえあげることもできずガクガクと身体を震わす。

その時だった。

——バンッ！

入口のドアが勢いよく蹴破られると同時に、剣を構えた三人の男が部屋になだれ込んできた。アメリの涙に濡れた瞳は、瞬時にその男たちに釘付けになる。

獅子の紋章の縫いつけられた朱色の軍服に身を包んだふたりの騎士は、マックスとセオだ。いつもは気さくな彼らが、今は精悍《せいかん》な騎士の面持ちでドーソン伯爵を睨んでいる。

そしてマックスとセオに挟まれるようにして立っていたのは、銀色に光る鉄兜を被った男だった。彼を目にした途端、絶望の淵に追い込まれていたアメリの気持ちが昂っていく。まさかという思いと、喜びが混在していた。

（カイル様……）

「悪獅子……。なぜここがわかった？」

ドーソン伯爵の後ろにいるガスパーが凄んだ声を出し、剣を構えた。

「彼女を解放しろ。俺に扮《ふん》した罰として、お前らは牢獄《ろうごく》行きだ」

ガスパーの問いかけには答えず、鉄兜の男が声を出す。

アメリは、ハッと息を呑んだ。それが、カイルではなくヴァンの声だったからだ。

おそらく、カイルに扮してアメリを救出しに来てくれたのだろう。だが、どうして
マックスとセオも一緒なのだろうと、アメリは混乱する。

「……ハッ、バカげたことを」

すると、ドーソン伯爵がソファーに転がるアメリの喉に短剣をかざした。

「三人とも、剣を捨てろ……！　さもなくば、この女の喉を刺すぞ」

伯爵の毒々しい叫びに、場に凍てつくような緊張が走る。

マックスとセオは顔を見合わすと、悔しそうな面持ちで剣を床に放った。

遅れて、鉄兜の男もゆっくり屈むと剣を絨毯の上に置く。

三本の剣を、ガスパーがすかさず拾い上げた。

「ハハハ、この国の王太子はやはり愚鈍だな。殺されに来たようなものじゃないか」

アメリの背後で、伯爵が身体を小刻みに震わせながら、さもおかしそうに笑った。

彼は、鉄兜の男がカイルと信じて疑っていないようだ。

「ガスパー、三人とも殺せ。厄介者の王太子が死んだところで、誰も嘆きはしない。むしろ国中に感謝されるだろう」

　この国の王太子を殺めろという兄の要求に、さすがのガスパーも戸惑っているようだった。剣を構えたまま、丸腰の三人に困惑の表情を向けている。

「ガスパー、お前は黙って私の言うことを聞いていればいいんだ！　さっさと殺せ！」

　天井が割れそうなほどの伯爵の叫びに、ガスパーはビクッと肩を揺らす。そしてその声の勢いに誘われるように顔から困惑の色を消すと、剣の切っ先を鉄兜の男にまっすぐ向けた。

「……ダメよ！　やめてっ！」

　喉に短剣を突き立てられたまま、アメリは悲痛な声をあげた。このままでは、ヴァンたちの身が危ない。

　すると、鉄兜の男がアメリに向けて馴れ親しんだ声を出した。

「アメリ様。目を閉じていてください」

　――ガシャァァァン‼

　同時に、天地がひっくり返ったかのような轟音《ごうおん》が上空から鳴り響いた。

　唐突なことに、アメリはヴァンの言いつけ通り目を閉じるのを忘れてしまう。

無数の光の粒が上空から降ってきて、その中を、剣を携えた腕を顔の前で交差させた何者かが落ちてくる。

太陽光を受け、宝石のようにキラキラと輝くガラスの粒が、アメリの視界を覆った。

まるで、世界がきらめくガラスに包まれたかのようだ。

あまりの美しさに、自分が今置かれている状況すら忘れ、アメリは吸い寄せられるようにその情景に見入った。

天窓を突き破り屋根から飛び降りてきたのは、カイルだった。予想外の事態に呆気に取られたのか、ドーソン伯爵はアメリの喉元から短剣を遠ざけている。

カイルはガラスの破片とともに、器用に床に着地した。

「だ、誰だ……？」

彼こそがこの国の王太子本人だとは思ってもいない様子のドーソン伯爵は、明らかに狼狽していた。カイルはそんな伯爵の胸倉を鷲づかみにすると、勢いよく床に叩きつける。

「ひぃぃっ！」

ガラスの破片が背中に刺さり苦痛の声をあげるドーソン伯爵の胸に、カイルは容赦なく強烈な蹴りを入れた。

その隙に、鉄兜を頭から剥がしたヴァンが、素早い身のこなしでガスパーの剣を蹴り落とす。ガスパーの背後に同時に回り込んだマックスとセオが、身動きが取れないように彼の腕を締め上げた。

「ううう……」

繰り返しカイルに胸を踏まれドーソン伯爵が息も絶え絶えになった頃、カイルはようやくソファーに倒れ込んでいるアメリを振り返った。そして、胸元を大きく引き裂かれた彼女の姿を目にする。

瞬間、天色の瞳に猛々しい怒りが宿った。

まるで怒りの極致に達した狼《おおかみ》のごとく鳶色の髪が総気立ち、全身に殺気が漲《みなぎ》る。

「今すぐに、殺してやる」

カイルはぞっとする声音で言い捨てると、腰から剣を引き抜き、床に転がるドーソン伯爵を迷いなく斬ろうとした。

「……やめて！」

アメリは、剣を振り上げるカイルの背中に向けて必死に叫んだ。

「そのような悪人の血で、あなたの手を穢さないで……！」

カイルは振り上げた手を止めると、ゆっくりとアメリを振り返る。

そして、涙で濡れたアメリの顔を、葛藤するような眼差しで見つめた。

「ううう……。た、たすけ……て……」

獣の逆鱗《げきりん》に触れ、力なくしたドーソン伯爵は小動物のように絶え間なく震えていた。

やがて、カイルはアメリから視線を離さないまま静かに声を出す。

「マックス、セオ。そいつらを、城の地下牢《ちかろう》に放り込んでおけ」

「はっ」

マックスとセオは各々ガスパーとドーソン伯爵を拘束し、部屋を出ていった。

遅れて、ヴァンもアメリに微笑だけを残して部屋をあとにする。

ガラスの破片が無数に散らばる部屋には、カイルとアメリだけが残された。

カイルはすぐに、ソファーに倒れ込んだアメリの身体を起こすと、両手足の縄を解きはじめた。

黙々と縄に集中するカイルは、間近にいながらアメリと目を合わせようとはしない。

身を危険に晒してまで彼が自分を助けてくれたことに、アメリは胸がいっぱいだった。けれどもカイルの様子はいつも通り淡々としたもので、自分ばかりが気持ちが高揚している今の状況に、彼女はやるせなくなる。

足の縄も解けたところで、ようやくカイルはアメリと目を合わせた。

彼の頬には、傷があった。おそらく、天窓を突き破った時にできたのだろう。手の甲や首筋にも、よく見れば無数のかすり傷がある。

「私なんかのために、こんな傷を負ってまで……」

その傷まで、今は無性に愛しく思う。

罪悪感に似た歓びを持て余したアメリは、瞳を潤ませ、指先でカイルの頬に触れようとした。けれども頬に届く寸手のところで、彼の手によって阻まれる。

（やはり受け入れてはもらえないのだわ）

瞳を伏せたところで、不意に顎先に触れられ上を向かされた。

そして、やや強引に唇をふさがれた。

それは最初から、まるでアメリの魂さえをも奪いつくすような激しいキスだった。

口の中を荒々しくかき乱され、燃えるような熱情を送り込まれる。

触れるだけのキスすらしたことのないアメリは、息をすることもままならない。

息苦しさにカイルの胸を押して逃れようとすれば、後頭部に手を回され、ますます口づけを求められた。

けれどもカイルの熱い息を何度も肌で感じ、アメリと同じく彼も息を切らしているのに気づいた頃、全身を包み込むような幸福感が訪れる。

「あ……っ」と自分のものとは思えない甘い吐息が漏れたところで、ようやくカイルは唇を離してくれた。

ひたむきにアメリを求める艶っぽい瞳を目の当たりにした瞬間、感じたことのない疼きが身体の奥から湧いてきた。

「カイル様……」

未知なる感情の行き場がわからず、濡れた瞳ですがるように彼の名前を呼べば、天色の瞳に静かな炎が宿る。

カイルは、今度はアメリの首筋に唇を寄せた。執拗な吸い付きに快感を伴う痛みが走り、アメリは身体をのけ反らせて苦しげに悶《もだ》える。

ようやく首筋から顔を上げると、カイルは自らが着ていた紺色の軍服を脱いでアメリの肩にかけ、引き裂かれた胸元を覆うように前でかけ合わせる。

白いシャツ姿になったカイルは、アメリの背中と膝の裏に腕を回し、彼女の身体をそっと抱え上げた。

アメリを軽々と横抱きにしたカイルは、部屋を出て廊下を突き進む。使用人と思しき女たちが数人、怯えたように廊下の端からふたりを見ていた。

負担をかけたくなくて、アメリは無意識のうちにカイルの首に腕を回していた。

そんな彼女をよりかき抱くように、カイルは腕の角度を変える。

ガラスで身体のあちこちを負傷しているカイルは、血の匂いがした。飢えた獣の匂いは温もりと相まって、アメリに感じたことがないほどの安らぎを与えてくれる。

金で隅々まで装飾した扉を開けて外に出れば、ヴァンたちの姿はもうなかった。

カイルは一頭だけ残された白馬にアメリを乗せ、彼女を胸に抱くようにして手綱を握り込んだ。

ふたりを乗せた白馬は、若草色の草原が広がるリエーヌの郊外を駆け抜けた。

肌を撫でる風が、心地よい。

そよぐ風が、襟足まで伸びたカイルの鳶色の髪を揺らす。

遥か遠くを見つめる澄んだ天色の瞳は、吸い込まれそうなほどに美しい。

「カイル様、どこに行かれるのですか……？」

馬を疾走させるカイルに見惚れながらアメリが問えば、カイルはちらりとだけ彼女を見て、ひと言告げた。

「ともに、城へ」

甘い幸福感を秘めたその返答に、アメリの胸が熱くなる。

「はい……」

目を閉じそっとカイルの胸に頭を預ければ、その想いに応えるかのように、カイルはアメリを抱く腕に力を込めた。

シルビエ広場には多くの人々が集まっており、馬で駆け抜けるのは困難だった。

カイルは馬の速度を緩め、城に向けて人々の間を縫うように進めていく。驚きの眼差しで馬上のふたりを見ている人々は、事の状況が全く理解できていない様子で、誰ひとりとして声をかけてはこなかった。

ふたりが広場を通り過ぎた頃、思い出したかのように後方から「アメリ〜！」と声が聞こえた。

「なんだかよくわからないけど、とにかく無事でよかったよ！」

エプロンで涙を拭いながら叫んでいたのは、エイダンだった。

それに触発されたように、あちらこちらから「アメリさーん！」「アメリ〜！　心配したんだからな！」と声があがった。

アメリはカイルの背中越しに、人々に向かって大きく手を振る。

「みんなありがとう！　心配かけてごめんなさい！」

アメリを呼ぶ歓声は薄水色の天高く昇り、ふたりを乗せた白馬が城へと続く道の向こうに見えなくなるまで続いた。

出陣前夜の誓い

馬車着き場で御者に馬を引き渡すと、カイルはアメリを抱えたまま城の中に入っていった。

侍女に侍従、小姓に衛兵、料理人に庭師。

回廊を行き交う者たちは皆立ち止まり、ふたりをポカンと見つめていた。

「あの、ひとりで歩けますので」

人々の視線を感じ羞恥心の込み上げてきたアメリがそう言っても、カイルは彼女を下ろそうとはしなかった。

連れていかれたのは、居館の最上階にある豪華な一室だった。

部屋いっぱいに藍色の絨毯が敷きつめられ、天蓋付きのベッドやテーブルなどの家具がゆったりと置かれている。石壁にはアーチ形の窓が等間隔に並び、穏やかな光が室内を照らしていた。

カイルは乳白色《にゅうはくしょく》のカバーのかかったベッドにアメリをそっと下ろすと「人を呼ぶから、風呂に入れ」と言い残し、彼女の顔を見ないまま部屋から出ていった。

今さらのような彼の素っ気なさに唖然《あぜん》としつつも、アメリは前ほど動揺しなかった。

燃えるようなキスに、アメリの身体を抱きしめた腕の温もり。

それだけで、充分だった。

言葉にはされなくとも、素っ気ない態度でも、カイルはきっと自分を必要としてくれている。

間もなくして侍女たちがバスタブを室内に運び込み、お湯を注いでくれた。

アメリは用意された沐浴《もくよく》用のガウンに身を包み、身体を清める。

王太子の婚約者といえども今までは侍女のような暮らしぶりだったので、あれこれと手助けされるのは違和感があった。

「自分でできるから大丈夫です」

やんわりと介添えを断れば、侍女たちは困惑の表情を浮かべた。

入浴が終わり、用意された真珠色のドレスに袖を通した頃には、いろいろなことが一度に起こりすぎて、興奮気味だった気持ちもすっかり落ち着いていた。

ほどなくして、ノックの音とともにカイルが再び姿を現した。

白いシルクのブラウスに、脚の長さを際立てる濃紺のズボンに着替えている。

鳶色の前髪をかき上げながらアメリを一瞥すると、彼はすぐに顔を赤らめ視線を逸らした。

そしてドカドカと強引に室内に足を踏み入れ、アメリからはやや距離を置いてベッドに腰かける。

「今日からは、この部屋を使うといい」

吐き出される言葉も、つっけんどんだ。

けれど、アメリの胸の中には歓びが広がり、心臓がドクンと跳ねた。

「それは、また婚約者にしてくださるということですか？」

「……言わなくても、わかるだろう」

アメリが明るい声を出せば、カイルはやはり彼女のほうを見ないまま答えた。

「カイル様、ありがとうございます。でも、以前のお部屋ではなくて大丈夫なのですか？　あちらが、カイル様が婚約者様用に用意したお部屋だと司祭様におうかがいしました」

するとカイルは怪訝そうな表情を浮かべる。

「まさか。あれは、女を追い出す用の部屋だ」

「追い出す用？」

「父親が勝手に用意した婚約者を、俺は迎え入れるつもりなど微塵《みじん》もなかった。女は手厚くもてなされないと、腹を立てる生き物だ。だから、わざとああいう穴倉のような部屋を用意した」

カイルの顔に、悪い笑みが浮かんでいる。

だがスッとその笑みを消すと、ぼそりと呟いた。

「……お前には、効かなかったがな」

（手厚くもてなされなかったことへの腹いせに、婚約者様たちはカイル様の悪い噂を流したのかしら）

おそらく、アメリの勘は当たっている。

〝災いの申し子〟として生まれたカイルは、自らがもたらすであろう害から他人を守るために、人を寄せつけないよう徹して生きてきたのだろう。

ロイセン城に来るまでに耳にしたカイルの悪い噂は、どれも真相からはかけ離れているものだった。

カイルは婚約者たちを無下に扱いはしたが、暴力などは振るっていない。

街での数々の悪行も、カイルを妬んだ偽者によるものだった。

（本当に、不器用な人……）

アメリは、目の前にいる鳶色の獣が泣きたいほどに愛しく思えてきた。

手を伸ばして髪の毛に触れれば、カイルは一度瞬きをして、ようやくこちらに顔を向けてくれた。

窓から降り注ぐ白光の中で、天色の瞳がアメリを見つめる。

アメリは、そっと微笑んだ。

「このドレス、カイル様が選んでくださったのですか？」

「……そうだ」

「嬉しいわ。真珠色は、母が好きだった色です」

「真珠色？　白ではないのか？」

「白よりも、少し黄みがかっていると思いませんか？　白も、細かく分ければ二十種類くらい色があるんです。目を凝らせば、だんだんわかるようになりますよ」

「……俺には、全くわからない」

顔をしかめるカイルに、アメリは目を細めて諭す。

「色は無限にあります。そしてその色のひとつひとつに意味があるのです。亡くなった母は私に教えてくれました。この世は色と、温かい言葉で溢れていると。例えば真珠色の色言葉は、〝幸福〟でございます」

「幸福……」

「それから、あなたの瞳のような天色の色言葉は、〝希望〟」

間近で、ふたりの視線が絡み合う。

アメリが鳶色の頭を撫でていた手を遠ざければ、宙空でカイルの手がその手首を捕らえた。

「では、お前の瞳の色の意味はなんだ？」

「私のですか？　私の瞳の色言葉は……」

母は、アメリの瞳を翡翠《ひすい》色と呼んだ。

母とそっくりなこの瞳は、今も昔もアメリの誇りだ。

「〝初恋〟」

そう答えると、アメリを見つめる天色の瞳が穏やかな気配を見せた。

（微笑んだ……？）

アメリが瞠目するやいなや、捕らえられた手がベッドの上に縫いつけられた。

手の甲を優しく撫で上げる感触とともに、触れるだけのキスが唇に落ちてくる。

束の間のキスを終えても、カイルはアメリと額をくっつけるようにして、物憂げにアメリの唇に視線を注いでいた。

唇に優しさだけを残してすぐに離れてしまった熱に、アメリの胸に歓びと切なさが込み上げる。

(また、あの感じ……)

カイルに触れられれば、身体の奥が疼くような未知の感覚が湧いてくる。

どうしたらいいのかわからず、教えを請うように撫でられていた手を握り返せば、もう一度唇が重なった。

触れるだけだったものが、まるでアメリのすべてを欲するように、徐々に深くなっていく。キスに没頭するカイルに圧され、アメリは悶えながらベッドの上に仰向けに倒れ込んだ。

ほのかに褐色に色づいた艶やかな髪が、乳白色のシーツに扇状に広がる。

永遠とも思える長い時間、キスは降り注いだ。

やまない濃厚なキスに、アメリは息も絶え絶えにカイルの背中に腕を回す。

そこでカイルはようやく唇を貪るのをやめると、息を荒らげながらアメリの顔を見入った。

「カイル、様……」

間近で光る天色の瞳に、息苦しさから瞳を潤ませたアメリは助けを乞う。

けれども獣は再び目に炎を宿すと、今度はアメリの首筋に舌を這わせた。

同時に這い上がってきた手が、彼女の左胸の膨らみを堪能しはじめる。

「あぁ……っ」

未知なる感情の波が、これまでにないほどアメリを侵食した。

けれどもアメリの鎖骨の下まで唇を落としたカイルは、ふと身体の動きを止める。

「……この傷は？」

肩で息をしながら、アメリはカイルの視線を追った。

胸の谷間の中心に、小さな切り傷がある。

おそらく、ドーソン伯爵にナイフでドレスを裂かれた時にできたものだろう。

「さっき、ドレスを切られた時に……」

思い出したくないことだが、言わないわけにはいかず、アメリはしどろもどろに口を開く。

途端にカイルは全身に殺気を漲らせ、瞳を獰猛《どうもう》な獣のごとく尖らせた。

そして、勢いよくその傷跡に吸い付く。

「カイル様……、痛い……っ」

できて間もない傷を容赦なく吸い上げられる痛みに、アメリの瞳から涙がこぼれ落ちた。逃れようとしてもカイルはそれを許さず、飢えた獣のごとくアメリの肌を吸い続ける。

痣《あざ》で傷がすっかり見えなくなった頃、カイルは荒い息を吐きながら、アメリの肩からドレスをずり下ろした。

剥き出しの胸が、外気に触れる。

上半身に彼の絡みつくような視線を感じて、アメリは恥ずかしさのあまり自分の顔を両手で覆った。

胸に直に手が触れ、唇が寄せられる。

羞恥心のあとに訪れたのは、今日幾度目になるかわからない戸惑いだった。

未知なる感覚が大波のように身体を突き抜けて、甘い声が自然と漏れる。自分の身体が、まるで別物のようだ。得体の知れない身体の変化に、アメリは震えた。

するとそこで、無我夢中で彼女を求めていたカイルが顔を上げた。

そして、瞳を涙で濡らし、頬を上気させているアメリの顔を見つめる。

見開かれた天色の瞳には今何が映っているのだろうと、不安を覚えた。

小刻みな身体の震えが止まらず、どうにか抑えようと、アメリは自分の身体を抱きすくめる。

天色の瞳が、哀しげに揺らいだ気がした。

落ち着きを取り戻したカイルはドレスを元通りに着せると、ベッドの上のアメリをそのままに立ち上がる。

「行かれるのですか……?」

何か気分を害するようなことをしただろうかと、アメリは心配になった。

「……これからは、城で好きに過ごせ」

カイルはちらりともアメリを振り返ることなく、それだけ言い残して、部屋を出ていってしまった。


アメリがカイルの婚約者に戻ったという噂は、瞬く間に城中に広がった。

彼女が城を歩くたびに、侍女や侍従、それから騎士たちから次々とお祝いの言葉を浴びせられた。

カイルがアメリを連れ帰った翌日。

王から謁見を求められ、アメリは直々に「あの強情な息子の心を射止めたそうだな。よくやった」と笑顔を向けられた。

「何分この時世だから、式はいつ挙げられるかわからん。だが、子を成すのは早ければ早いほうがいい。頼んだぞ」

王からの言葉に、アメリは赤面しながら王の間を出る。

すぐさま、彼女を王の間の前で待ち構えていたレイモンド司祭が歩み寄ってきた。

「恥ずかしがらなくても大丈夫ですよ。世継ぎ問題は国の重要な課題ですから、陛下がああおっしゃるのも、もっともなことなのです」

（聞かれていたのね……）

レイモンド司祭の爽やかな微笑みを前に、アメリはますます赤面する。

「でも、私はまだ正式な王太子妃でもないのに、あんなことをおっしゃるのはおかしい気がして……」

順序としては、結婚が先だろう。

平民も貴族も王族も、そこに差異はないように思う。

するとレイモンド司祭は、回廊を行くアメリに付き添うように歩きながら、小声で耳打ちした。

「ここだけの話ですが……、おそらく陛下は次期王位継承者にはカイル様のお子を、と考えていらっしゃるのだと思います」

アメリは、レイモンド司祭に驚きの眼差しを向けた。それはつまり自らの子であるカイルに王位は譲らず、孫に譲ろうと目論《もくろ》んでいるということだろうか。

「正直なところ、カイル殿下は陛下から疎まれています。陛下がカイル殿下から王位継承権を剥奪しようと考えているのは、周知の事実。とはいえ現状では、カイル殿下以外にロイセン王朝の由緒正しい血筋を持つ方はいらっしゃいません。けれどもカイル殿下にお子が生まれれば、話が違ってくるというわけなのですよ」

（それでカイル様がどれだけ婚約者を跳ね返しても、陛下は新しい令嬢を次々送り込んでいたわけね……）

とても、哀しい話だと思った。

その髪色ゆえに、母を失い、城の者に恐れられ、父に憎まれて育ったカイル。

古くから伝わる書物とやらに心を虜にされている王は、カイルの本当の姿を見ようともしていないのだろう。

「まあ、陛下がカイル殿下に王位を譲りたがらないのは、単に疎んじているからという理由だけではないのですがね」

「どういうことですか……？」

不意に紡ぎだされたレイモンド司祭のセリフに、アメリは引っかかりを覚える。

レイモンド司祭は、言葉を言いあぐねるように一度唇を引き結んでから、ゆっくりと口を開いた。

「陛下は、カイル殿下が若くして亡くなると思い込んでおられるのです」

アメリは、両目を力の限り見開いた。

ドクンドクンと、心臓が不穏な音色を奏でる。

「なぜですか……？」

「そのことに関しては、まだ深くはお話できません」

銀縁の丸眼鏡の向こうにある瞳が、冷ややかにアメリを一瞥した。

それからレイモンド司祭はいつもの穏やかな笑顔で一礼すると、回廊の奥へと見えなくなった。


数日を過ぎた頃から、アメリは毎日のようにリエーヌに行くようになった。

ミハエル老人の工房でガラス造りを手伝いたくて、居ても立ってもいられなくなったからだ。

侍女伝いにカイルに申し出れば、護衛を片時も離さず従えるならよいという許可が下りた。

アメリがヴァンを連れて街に姿を現せば、先日の一件で辺りは大騒ぎになった。

「アメリ、驚いたよ。あのフィリックス様の正体が王太子で、王太子に扮して悪事を働いていたのがドーソン伯爵の弟だったんだってね。そしてあんたは、王太子の婚約者だっていうじゃないかい。普通の娘みたいな身なりをしているから、全く気づかなかったよ！」

エイダンは矢継ぎ早に言葉をまくし立てると、アメリをきつく抱きしめた。

街の人々も、口々にカイルのことを噂した。

「いやあ、ほんと驚いたなあ。あの王太子が、身分を偽って我々のことを援助してくれていたんだから。悪獅子などと悪口を叩いていたことを、本当に反省したよ」

「アメリさんを助けに行く時の、王太子様のお姿がすごくカッコよくて、街の娘たちはすっかりあのお方の虜なのよ」

ガラス工房でも、アメリはミハエル老人に盛大に出迎えられる。

「カイル王太子には、いつかお礼を言いたいよ。あの方は、幾度もこの老いぼれに救いの手を差し伸べてくださったのだから」

噂好きなリエーヌの人々の声は、やがて人づてに大きく広まった。街から街へ、村から村へ。リエーヌを訪れた旅人は、旅の土産話に一風変わった王太子の武勇伝を故郷で自慢げに語った。

国民の、この国の王太子に対する印象が百八十度変わっていっていることを、アメリはまだ知らない。

城からリエーヌに通うようになったその日から、彼女はさっそくミハエル老人のガラス造りの手伝いを再開する。

鋳型に流し込んだガラス液を平らにしたり、染料を調合したりと、シルビエ大聖堂のステンドグラスをすべて張り替えるまで仕事は山ほど残っていた。

はじめは王太子の婚約者であるアメリが、肉体労働が主なガラス造りをすることに皆反対した。

だが彼女があまりにも楽しそうに作業に没頭するので、やがて誰も何も言わなくなった。

そして、アメリと同じく改修工事の手伝いに精を出すようになったのである。

アメリが城に戻ってから二週間が過ぎた頃のことだった。

彼女が工房で瓶を片手にガラス液を調合していると、店の前で通りすがりの若い娘たちと談笑しているヴァンの姿が目に入った。

ヴァンの笑顔は優しく、娘たちは皆頬を染めてもじもじとしている。

その光景を眺めているうちに、胸の奥に蟠《わだかま》りを感じ、アメリは手を止めた。

若い娘たちが去ったあとで彼女はヴァンの近くに寄り、「ねえ、ヴァン」と声をかけた。

「どうかされましたか？　アメリ様」

「あなたは、先ほどの女の子たちのことが好きなの？」

「好きというか、まぁ機会があれば……、ゴホゴホッ」

言葉を濁すように、盛大に咳《せ》き込むヴァン。

「なぜそんなことを聞くのですか？　アメリ様」

「あなたがあの女の子たちに優しく話しかけていたから、好きなのかしらと思ったの」

「興味がある女性には、男は誰だって優しく接しますよ」

（やっぱり、そういうものよね……）

アメリの気持ちがみるみる沈んでいく。

彼女はこの頃、カイルとの関係に悩んでいた。

二週間前、部屋で一線を越えそうになって以降、カイルが一切アメリの近くに寄ろうとしないからだ。

カイルがアメリの部屋に訪れることなど皆無だし、食事にも姿を現さない。城の中を歩いても、まるで避けられているかのように出くわす機会がない。ときどきすれ違っても、ぎこちなく挨拶をしてさっさとどこかに行ってしまう。

触れ合うどころか、言葉を交わすこともほとんどなく、要件がある時は侍女を通じてようやく伝わる状態だった。

(カイル様は、私に何か不満がおありなのかしら)

彼の態度を見る限り、アメリに好意を寄せているとは考えにくい。

何か機嫌を損ねるようなことをしたのかしらとか、また嫌われてしまったのかしらとか、彼女は悶々《もんもん》とし続けているのだった。

すると、思案に暮れるアメリの顔を眺めながら、「ははん」とヴァンが自分の顎をさすった。

「カイル殿下のことで、お悩みなのですね。その様子だと、避けられてるってとこですか?」

心の内を言い当てられたことにアメリは心苦しくなりつつも、黙って頷いた。

ヴァンは短いため息を吐くと、小声で呟く。

「これだから、女馴れしてないやつは面倒なんだ……」

「何か言った?」

「いいえ」

ヴァンが、取ってつけたような笑みを浮かべる。

「なんなら、城を去ってこの街に住みますか？　俺はいつでも大歓迎ですよ。大事に護ってきたアメリ様をあんな目つきの悪い男に奪われたことに、いまだ納得できていないので」

ヴァンの言葉にドキリとして、アメリは顔を上げた。

「それは……」

「それは、嫌なんですよね？　顔に書いてあります」

妹を慈しむ兄のような眼差しを浮かべると、ヴァンは街向こうにそびえるロイセン城に視線を向けた。

「あの王太子は目つきが悪いだけでなく、性格も悪く、口も悪い。千歩譲って、顔がいいのは認めますが」

「……ヴァン、言いすぎよ」

「でも、これだけは言い切れます。あの王太子には、万人にはない唯一無二の魅力がある。だから、あなたの目に狂いはないと」

ブラウンの瞳を細めて、ヴァンはアメリが幼い頃から馴れ親しんだ優しい笑みを浮かべた。

それから、天を仰ぐ。

薄水色の大空には、霞《かすみ》のような雲が揺蕩《たゆた》っていた。

「戦争を目前にして、この国は変わりつつある。あなたを救い出す時のカイル殿下の勇ましさに心打たれ、騎士たちの間では瞬く間に支持が広がった。王太子の真の姿を知った国民も、にわかに活気づいている。気づいていましたか？　バラバラだったこの国が、あろうことかあの悪獅子を中心にひとつになろうとしていることに」

ヴァンの声を聞きながら、アメリはシルビエ大聖堂に新しく取りつけられたステンドグラスを思い浮かべていた。

天色の光に包まれた獅子の姿に、現状からはかけ離れたこの国の明るい未来を、自ずと想像したことを思い出す。

「俺も、ハイデル王国には深い恨みがあります。もう、何もかもを諦めるしかないと思っていた。けれど……」

ヴァンが、優しい兄から一国の騎士へと面持ちを変えた。

「あの王太子に、賭けてみたいと思いはじめているのです。俺だけじゃない。きっと、多くの人間がそう考えはじめているのではないでしょうか？」

＊＊＊

我を忘れてアメリを求めた時の彼女の泣き顔が、カイルの頭から離れない。

白い裸体を暴かれた彼女は、震えていた。

潤んだ彼女の目に滲んでいたのは、男に対する恐怖心に思えた。彼女の母親は、ハイデル王国の男たちに襲われて死んだと言っていたからだ。

苦境にもめげず強く明るく生きる彼女がふとした時に見せる、切なげな表情。

それらすべては、母を失った時のトラウマによるものなのだろう。

アメリへの想いは日に日に募り、自分だけのものにしたいという欲望はカイルの内からマグマのように湧き上がる。

一方で彼女を大事にしたい一心から接し方がわからなくなり、カイルは彼女と距離を置くようになった。

彼女の心に深い傷を作った、ハイデル王国が憎い。

そしてこの国の王太子でありながら、なんの指揮権も持たない無力な自分が、死ぬほど憎い。

夜のシルビエ大聖堂で聞いた、アメリの声を思い出す。

『たとえこの世のすべてがあなたを拒絶し忌み嫌おうと、私は信じております』

ひたむきにカイルを見上げるエメラルドグリーンの瞳には、なんの迷いもなかった。

『あなたはこの国をお救いになる、唯一無二の希望の光です』

決意を固めたカイルは、会議室に向かった。

戦況の悪化に伴い、元老院は頻繁に堂々巡りの会議を繰り返している。

「カイル殿下……」

凄んだ眼差しで会議室の前に立つカイルの入室を、近衛兵たちは阻止しようとはしなかった。

その代わり頭を垂れ、まるでカイルに会議室に入れと言わんばかりに道を空ける。

意表を突かれながらも、カイルは勢いよく両開きの扉をバンッと押し広げた。

長テーブルを取り囲む元老院の幹部たちが、まるで虫けらでも見るような視線をカイルに注ぐ。

「……またお前か」

上座に座っていた王が、忌々しげに舌打ちをした。

カイルは怯むことなく、しきたりに倣って王に一礼をする。

「国王陛下、もう時間がありません。どうか、私にクロスフィールドへの出陣をお許しください」

「まだ言っておるのか」

「気がおかしいんじゃないのか？」

「軍事指揮を執ったこともないくせに、何を偉そうに」

幹部たちの心無い言葉も、カイルは黙って受け流す。

国王は、大きくため息を吐いた。

そして、「バカバカしい」とカイルの申し出を一蹴する。

「クロスフィールドを叩いたところで、ハイデル王国への国境越えは免れないのだぞ？　内部が弱ったところで、国内に攻め入ることすらできなければ、なんの意味もなさない。愚かな息子よ、そんなこともわからぬのか？」

カイルは、スッと頭を上げた。

そして、父親である国王を冷えた瞳で見下ろす。

「お忘れですか？　国境は、ひとつではありません」

室内が、にわかにざわつく。

幹部たちの顔が、ひとり残らず蒼白になった。

「まさか、ラオネスク側から攻め入ると言うのか……!?」

ハイデル王国から見てロイセン王国とは反対側に位置するラオネスクは、周辺国から一線を画している。テスと呼ばれる野蛮な部族が独自の文化を築き上げ、他国との交流は一切ない。

テス族は獰猛なだけでなく悪魔を崇拝しているとの噂があり、祟《たた》りを恐れた周辺国も、ラオネスクには一切足を踏み入れようとはしなかった。

まさに、未開の悪魔の領域。聖職者は、宗教的な観念からラオネスクという名を口にすることすら禁じられているほどだ。

「なんてことを。ラオネスクなどに足を踏み入れれば、国境に到達する前に兵を失うだけではないか」

「おお神よ、やはりこの男は気が触れている」

多くの書物を読んだカイルは、知っていた。

テス族は、野蛮などではない。悪魔を崇拝しているというのも迷信で、秩序と友愛に満ちた部族だと、その地を訪れた旅人が数人記録に残している。

「俺ならできる」

怯える老人たちを前に、カイルはしたたかに笑ってみせた。

「悪魔と呼ばれた者同士、わかり合える。ひとりの兵も失うことなく、国境を越えハイデル王国に奇襲をかけてみせる」

カイルの眼力を受けて、老人たちは言葉を奪われたかのように静まり返った。

――ドンッ！

張りつめた空気を壊すかのごとくテーブルを叩いたのは、国王だった。

「ふざけたことばかり口にしおって。この悪魔め、今すぐここから出ていけ！　そして、私の前にもう二度と姿を現すな！」

――バン‼

その時、会議室の扉が勢いよく開かれ、大勢の足音が室内になだれ込んだ。

それは、獅子の紋章の縫いつけられた朱色の軍服に身を包んだ、この国の騎士たちだった。

「な、なんだ、君たちは……？　なんて無礼な……！」

剣を携えた百名近くのたくましい騎士たちに周りを取り囲まれ、老人たちは目に見えて狼狽《ろうばい》していた。

室内に入り切らなかった騎士たちが、会議室の前の廊下にまで溢れている。

「恐れながら、国王陛下。我々は、カイル殿下の案に従いたいと存じます」

前に進み出て膝をつき粛々と言葉を述べたのは、赤毛のマックスだった。

今はカイルが騎士団を仕切っているが、かつてはマックスの父親が騎士団長を務めていた。マックスの父親は、ハイデル王国への国境越え初回に命を落としている。

「二度も失敗している国境越えをもう一度試そうとは、無謀すぎます。我々はもう、仲間を失いたくはありません」

続いて、優男のセオも隣に跪く。

「カイル殿下は、私たちとともに日々厳しい訓練を積まれています。コンニャロと思うことばかりでしたが、ようやく気づいたのです。この国の権力者でありながら、我々と対等な目線で接してくださったカイル殿下の御心に。椅子に腰かけ高みの見物しかしないあなた方よりも、我々はカイル殿下を信じます」

国王をはじめ、老人たちは皆呆気に取られていた。

けれども、一番驚いていたのはカイルだろう。

彼らに厳しくしたのは、たしかに彼らのためとこの国の軍事力を思ってのことだった。自分への憎しみから彼らが剣に磨きをかければいいと、非道なまでにつらく当たったこともあった。

自分は、憎まれ役には最適だ。とことんまで、憎まれればいい。

そう思っていたはずなのに――。

いる。
「国王陛下、大変ですっ！」
そこに、会議室に群がる騎士たちの間を縫うようにして割り込んでくる者がいた。
レイモンド司祭だ。よほど慌てて駆けてきたのか、銀縁の眼鏡はズレて髪も乱れて
いる。
「城の前に、この国の政務に反対する民衆が集まっています……！　元老院を解散さ
せ、カイル殿下に軍事の指揮権を受け渡せと……！」
レイモンド司祭の叫びに誘われるように、騎士たちが部屋の外へと流れていく。
カイルも、ともに城の上階を目指した。
高台に位置するロイセン城は、のこぎり型狭間のある回廊まで出れば、王都リエー
ヌを一望できる。
レイモンド司祭の言うように、城へと続く跳ね橋の前では、多くの民衆が口々に声
をあげていた。
「元老院反対～‼　元老院制のままでは、この国は救えない！」
「カイル殿下に軍事権を！　カイル殿下なら、きっとこの国を救ってくださる！」
カイルの周りで、「いいぞ、やれやれ～！」と若い騎士たちが盛り上がっている。
民衆の叫びは夕焼けに染まる天高く響き、カイルのもとにまで届いた。

眼下に広がる王国が、アメリが天色と呼んだ瞳に映り込む。

この国は、こんなにも色彩に溢れていただろうかとカイルは驚いた。

橙色《だいだい》、青色、白磁《はくじ》色。

王都リエーヌには色とりどりの屋根が並び、中心に位置するシルビエ大聖堂の緑色の三角屋根はひと際輝いて見える。

煉瓦道の朱色に、木々の深緑色、湖の水色。

城の前に集う民衆たちは、夕日に照らされて茜色に染まっていた。

いつか聞いたアメリの声が、優しくカイルの耳に蘇った。

――この世は、色と温かい言葉に溢れているのです。

カイルを求める民衆と騎士たちの声は一丸となり、やむことを知らない。

カイルの胸の奥から、熱い何かが込み上がる。

災いの申し子として生まれ、忌み嫌われながら生きてきた彼の世界は、その日無限に広がった。

アメリがロイセン城に戻ってから一ヵ月も経たないうちにこの国は大きく変わった。

まず、長年この国の政務を担ってきた元老院制が廃止になった。

そして今までは一切政務に関わることを許されなかったカイルに、軍事権の一部が引き渡されることとなった。

吹く風に穏やかな気配を感じはじめた夏の終わり。新しく指揮を執ることが決まったカイルの発案で、ロイセン王国の騎士団はハイデル王国の貿易の要であるクロスフィールド王国に攻め入ることが決まった。

今宵は出兵する騎士たちを称え、ロイセン城で夜会が開かれる。

「アメリ様、とてもお美しいですわ……」

姿見の前に立つドレス姿のアメリを確認するなり、着付けを手伝ってくれた侍女は感嘆のため息を吐いた。

アメリが身につけているのは、以前カイルから贈られた水色のドレスだった。くびれたウエストからはレースのスカートがふんわりと広がり、ベアトップの胸元には細かな真珠が綿密にあしらわれている。

身体の寸法を測った覚えもないのに、不思議なほどにぴったりだ。

アメリの艶やかな髪をまとめてしまうのはもったいないと言われ、髪はあえてそのままだ。背中まで伸びた波打つ黒髪には、あちらこちらに真珠の髪飾りが散らされている。

「今夜いらっしゃる方たちの中で、一番お美しいのは間違いございません。カイル殿下も、お喜びになることでしょう」

侍女の言葉に、アメリは瞳を曇らせる。

「カイル様は、今日はいらっしゃるのかしら……？」

相変わらず、彼とは一切接点のない日々が続いている。

ことに元老院制が廃止され大改革が起こってからは、出兵のための準備で城中の人間が慌ただしくしていた。その中心にいるカイルは言わずもがな、寝る間もないほどに多忙だと人づてに聞いている。

今宵は出兵する騎士の家族やこの国の重鎮が集うと聞いているが、アメリはカイルが来ないのでは、と予想していた。

準備の疲れもあるだろうし、そもそもカイルはアメリを避けているからだ。

「うーん、そうですね……。カイル殿下は気難しく、これまで一度も夜会には出席されたことがないので、もしかしたら……」

二十歳そこそこと思われるそばかす顔の侍女は、思案するように上を向きながら言ったが、アメリの表情に気づいてハッと口を閉ざす。

そして、やや無理やりな笑顔を見せた。

「でも、今日はきっといらっしゃいますよ！　何せ、今夜の主役なのですから」

夕方を過ぎ、夜の帳《とばり》が下りると、ロイセン城の宴の間には次々とゲストが集まりはじめた。

衰退しつつあるとはいえ、由緒正しき王朝のものとあって、宴の間はそれは見事な造りだった。

床には一面に灰白色《かいはくしょく》の大理石が広がり、天井から下がるシャンデリアの光を受けて艶やかな光沢を放っている。

ぐるりと部屋を取り囲む石造りの壁には、朱色のカーテンで飾られた丸窓とアーチ窓が並び、正面には代々の王の肖像画が厳かに並んでいた。

金模様で細かな装飾の施された天井は、中心部にこの国のシンボルである獅子の紋様が大きく彫り込まれ、談笑するゲストたちを見下ろしている。

アメリが侍女を侍らせ会場に姿を現すと、ゲストたちの視線が一気に集まった。

ヒソヒソと耳打ちする様子から察するに、「あれが偏屈なカイル殿下の心を射止めた婚約者だ」などと噂されているようだ。朱色の軍服を着た騎士たちはたくさんいたが、案の定その中にカイルの姿はなかった。

居心地の悪さにもじもじしていると、「アメリ様」と背後から声がかかる。

それは、王宮騎士団と同じく朱色の軍服を羽織ったヴァンだった。

「これはこれは、お美しい。あの目つきの悪い男に授けるのが惜しくなります」

「まだ言ってるの？　あなたには、贔屓《ひいき》にしている女性がたくさんいるでしょうに」

彼のおなじみの冗談を、アメリは笑顔で受け流した。

ヴァンも穏やかな笑顔を返すと、彼女の手を取り会場の奥にエスコートする。

幼い頃から馴れ親しんだ兄のような男の横顔を、アメリは見上げた。

明日、彼もカイルたちとともに出兵する。

ヴァンはもともとアメリ付きの護衛の騎士だが、このたびは彼のたっての願いで、王宮騎士団に正式に加入が認められたのだ。

「あなたを残していくことが心配です。あなたのために護衛をふたり用意しましたので、街に行く際は必ず連れて出てください。正直、あなたをちゃんと守れるのか不安ですが……」

ハイデル王国の重鎮だった父親が爵位を奪われたことに、ヴァンが深い怨恨を抱いていることをアメリは知っていた。

ヴァンを見ていればわかる。彼は、忠実で聡明な男だ。

彼の父親も、きっと優れた人物だったのだろう。

その父親が爵位を剥奪されるようなことをするとは、到底思えない。おそらく、ハイデル王国側の陰謀が絡んでいるに違いない。そういう非情な国だ。

今回の出兵は、彼が長年の怨恨を晴らす、またとない機会なのだ。

本当は、ヴァンがいなくなるのは心細い。

けれども、アメリは彼を安心させるように笑顔を浮かべた。

「大丈夫よ、ヴァン。きっと、あなたよりも頼りになるわ。だってあなた、私の護衛中でもすぐにほかの女性のところに行っちゃうんだもの」

「なかなか言いますね、アメリ様。さすが、あの悪獅子を手なずけたお方だ」

温もりを閉じ込めたブラウンの瞳は、アメリの心の内などすっかり読み取っているようにも見えた。

宵が深まり、場内は騎士たちとその家族でますます溢れかえる。

葡萄酒で人々が上機嫌になり、立食式の食事がなくなる頃、ヴァイオリンやフルートを携えた音楽隊が優雅な曲を奏ではじめた。

舞踏会のはじまりである。

騎士たちは自分の妻や恋人、はたまた想い人をダンスに誘い、シャンデリアの輝く大広間で思い思いにステップを踏みはじめた。ヴァンなどは、一曲も休むことなく婦人方とダンスを楽しんでいる。

そんな中、アメリはひとり、広間の隅で椅子に腰かけていた。

場内の女性のほとんどがダンスの誘いを受けている中、アメリのもとへは誰も来ない。おそらく、男性たちはカイルの怒りに触れるのを恐れているのだろう。

けれどもカイルは、どんなに時間が過ぎようと一向に姿を現さない。

(明日から、しばらく会えないというのに……)

カイルは、アメリに会う気はさらさらないのだろう。

何が彼の機嫌を損ねたのか、彼女にはいくら考えてもわからない。

苦しみばかりが、胸に広がっていく。

そんなアメリに気づいた周りの人々も、口々に噂しはじめた。

「アメリ様、ずっとおひとりだわ。おかわいそう」

「でも、カイル殿下は夜会嫌いで有名じゃない。だって、今まで一度もお姿をお見せになったことがないのでしょう?」

「今日は、もうお休みになっているのではないかしら」

扇子越しのヒソヒソ声が耳に届き、アメリはますます意気消沈する。

「アメリ様」

そこで、彼女の前に跪く者がいた。

騎士のセオだ。クセがかった黒髪の中で、幼さの残る瞳がアメリを悪戯っぽく見上げている。

「アメリ様。どうか、俺と踊ってくださいませんか？」

「ありがとう、セオ。でも……」

「カイル殿下は、今日はもうお見えにならないでしょう。これは俺にとって、アメリ様と踊れる千載一遇のチャンスです。見つかったら殺されるけど、見つからなければいいだけの話です」

ニコッと微笑むセオの顔を、アメリは複雑な気持ちで見つめていた。

（そうね。もういらっしゃらないのなら……）

ズキズキとした胸の痛みを感じながら、アメリは差し出されたセオの手を取ろうと腕を伸ばした。

ところが。

――ドカッ。

「ぐおっ」

満面の笑みを浮かべたセオの顔が、瞬時にアメリの前から消え去る。

いなくなったセオの代わりに、アメリの前にゆっくりと黒のロングブーツが歩み寄った。

アメリは、エメラルドグリーンの目をいっぱいに見開いた。

威厳溢れる朱色の軍服に身を包んだカイルが、アメリを見下ろしていたからだ。

「いてえっ、足蹴りとかひどすぎますっ。暴力反対！」

涙目のセオは、「お前がバカすぎるんだよ」と呆れ顔のマックスになだめられながら、ふたりの前からいなくなった。

「カイル様……」

歓びのあまり立ち上がったアメリを、カイルは上から下までゆっくりと見下ろした。

みるみる紅潮する顔面を隠すように片手で覆うと、カイルは素早く彼女から視線を逸らす。

同じような光景に、今まで何度か出くわした気がした。

(もしかして、照れていらっしゃるのかしら……？)

まさか、と思いながら首を傾げれば、カイルは赤らんだ顔のままアメリに視線を戻した。そして、スッと片手を差し出す。

「俺と……」

後半部分は声が小さすぎて、聞き取れなかった。

けれどもアメリは、カイルがダンスを申し込んでくれたことを理解する。

「はい」

にっこりと微笑んでカイルの手を取れば、天色の瞳が安堵の色を浮かべる。

今宵一番の注目を浴びながら、アメリを誘った彼は会場の中心へと歩んでいく。

「あのカイル殿下が、まさか踊られるの……？」

「こうやって見ると、ものすごく素敵な王子様ね。もっと早くに気づけばよかったわ」

管弦楽の旋律に合わせて、互いの手を絡ませながらふたりは優雅に舞った。

意外なことに、カイルはダンスがうまい。

ほかの令嬢と何度も踊ったことがあるのかしら、とアメリが妬いてしまうほどに。

カイルの手の中でアメリがくるりと回転すれば、彼はたくましい腕を伸ばして器用に彼女の背中を受け止める。

けれども注目を浴びていることにイラ立っているのか表情はムッとしていて、顔の赤みはなかなか引かない。

それがなんだかおかしくて笑いそうになった時、彼への愛しさと明日出兵してしまう切なさが、アメリの胸に込み上げた。

曲調が、緩やかになる。

カイルの胸に顔を預けながら、彼女はその温もりを全身で受け止めた。

「カイル様……、どうかご無事でいてください……」

喉をついて、切実な言葉が溢れてくる。

カイルの身がピクリと震えると同時に、曲が終わった。

ダンスに興じていたゲストたちが、パートナーを変えるためにそぞろに動きだす。

身を寄せ合ったままアメリを見つめるカイルの表情は、どこか苦しげだった。

カイルはアメリにそう告げると、彼女の手を引き、広間の外へと連れ出した。

「ここを、出よう」

夜の回廊を抜け、カイルが向かったのは、見張り塔の前にある中庭だった。ライラックの木々に見守られるように据えられた円形の噴水からは、この時間でも清らかな水が湧き出ている。

以前ここでカイルに抱きしめられたことを思い出し、アメリの胸が高鳴った。不安で壊れてしまいそうだったアメリをふわりと包み込んだ温もりを、この先も忘れることはないだろう。

夜会の催されている大広間からは距離があるため、人気《ひとけ》がなく閑散としている。

噴水の石枠にアメリを座らせ自分も隣に腰かけたものの、カイルは何も話そうとはしない。

夜風に乗り、大広間から楽しげな音楽が微かに聴こえてくるだけだ。

「あの、こんなに素敵なドレスを贈ってくださり、ありがとうございました」

何か話さなくてはと思いアメリが口を開けば、カイルの片眉が怪訝そうに上がる。

「なぜ、知っている？」

「その……。なんとなく、そうではないかと思っただけです」

怯えるアレクの表情を思い出し、アメリはごまかした。

「このドレス、ぴったりでした。身体の寸法も測っていないのに、どうしてサイズがおわかりになったのですか？」

「サイズくらい、見ればわかる」

「見ただけで、ですか？」

「８６、５６、８５。コルセットの厚みと圧迫率も計算済みだ」

どこか得意げにスリーサイズを告げるカイルに、アメリは目を丸くした。

(ぴったり……!)

ひょっとすると、カイルは天才なのかもしれない。けれども、身体の寸法を目測だけで見破られるのは、女性としては嬉しいような嬉しくないような複雑な気分だ。

「この間は、すまなかった」

どう切り返したらいいのかわからずアメリが言葉を失っていると、ぽつんとカイルが謝ってきた。

「この間、ですか?」

ずっと避けていたことを謝っているのかしら、とアメリは首を傾げる。

カイルは彼女を一瞥すると、言いにくそうに切りだした。

「……ベッドの上でだ。お前は震えていた。俺が嫌だったのだろう? 不快な思いをさせて、悪かったと思っている」

アメリは目を瞬いた。カイルは、とんでもない思い違いをしている。

とはいえ、アメリはカイルに避けられていた理由をようやく知ることができた。

ロイセン城にアメリを連れ帰った時、カイルは彼女を激しく求めた。その時に彼は、アメリが怯えていると感じたのだ。その罪悪感から、アメリとの間に距離を置いたのだろう。

「……違います。カイル様が、嫌だからではございません」

「では、どうして震えていた？」

「怖かったからです。その、ああいう時に、どのように振る舞ったらいいかわからず……」

こんなにも、好きなのに。その想いが通じていないことが、心苦しい。

アメリはエメラルドグリーンの瞳で、一心にカイルを見つめた。

「カイル様に触れられるのは、嬉しいです……」

カイルの顔が、みるみる赤く染まっていく。

そんな彼にアメリは微笑みかけると、右手の薬指にはめていた指輪を外した。そしてカイルの手を取り、掌にそっと置く。

闇の中淡い光を灯している天色のガラス玉に、彼の視線が注がれる。

「これを、あなたに授けます。私の母の形見です。苦しい時もつらい時も、この指輪は私を救ってくれました。今度は、あなたの助けとなるでしょう」

アメリはカイルの手に自分の手を重ね、優しく指輪を握り込ませた。

「……もらっていいのか？　お前の一番大事なものなのだろう？」

彼女は、緩やかに首を振った。

「いいえ。今の私にとって、一番大切なのはあなたです」

カイルは、真摯な眼差しでアメリの決意を受け止める。

「わかった」

そう答えた彼の口元には、優しげな微笑が浮かんでいた。

だが、初めて見るカイルの無垢《むく》な微笑みに彼女が心を奪われたのは一瞬だった。

立ち上がったカイルが、アメリの前に片膝をついたからだ。

「カイル様……!?」

アメリは慌てふためいた。片膝をつくのは服従の証しだ。決して、カイルのような高貴な位の人間が一介の伯爵令嬢にする行為ではない。

アメリの動揺を意に介すこともなく、カイルは落ち着いた表情で胸に手を当てる。

それは、騎士が忠誠を誓う時の所作だった。

「私、カイル・エリオン・アルバーンは誓います。一生をかけて、あなたを守り抜くことを」

凛《りん》とした言葉の響きに吸い込まれるように、アメリの動揺が消えていく。

「だからどうか、私にあなたとの結婚をお許しください」

遠く聞こえるヴァイオリンの音も、宵風の音も、緑葉から滴る夜露の音も。

この世のすべてが、その瞬間音を失った。

アメリの耳を支配するのは、心地よい波長を奏でるカイルの声のみだった。

まっすぐに向けられる天色の瞳から、縫いつけられたかのように目を離せない。

アメリは、震える口元を両手で覆った。

嬉しくて嬉しくて、自分のようなものがこんなに幸せを感じていいのかと戸惑うほどに幸せで。

瞳に溢れた涙が、とめどなく頬を濡らす。

「はい、喜んで……」

アメリの返事を聞くなり、カイルはより鮮明に微笑んだ。

悪魔、悪獅子、人でなし。

そんな異名で世間を騒がせたことが嘘のように、純真な笑みだった。

差し出されたアメリの指先に愛しげに唇を寄せるやいなやカイルは立ち上がり、彼女の華奢な身体を深く自分の胸に閉じ込める。

力強く響く心音を聞きながら、アメリはこれ以上ないほどの幸福を感じていた。

「愚かな俺を、許せ」

加速する鼓動とともに、耳元で切羽詰まった声が囁かれる。

「クロスフィールドから生きて戻れたならば、すぐにでもお前が欲しい」

救いを求めるような、甘い響きだった。

「はい」

目を閉じ、鍛え上げられたカイルの胸板に身をゆだね、アメリは穏やかな声で返事をした。

「必ずお戻りになると、信じてお待ちしております」

閉じた瞼の裏側に、輝かしい真珠色が溢れ出す。

幸福の色言葉を持つその色が、アメリの世界を染めていった。

しばらくの別れを惜しむように、ふたりはいつまでも離れようとはしなかった。

夜空では初秋の三日月が、狂おしいほどの互いの愛に満ちたふたりを、静かに見守っていた。

終わらない愛の囁き

翌日、馬に乗った騎士団の一行は、民衆に見送られながら遠くクロスフィールド王国に旅立った。

カイルがいなくなった寂しさは、予想以上だった。

けれど、アメリはくよくよしなかった。

しっかりと前を見据え、今まで以上にステンドグラス造りに精を出すようになる。

日に日に、ステンドグラスは仕上がっていった。

薔薇《ばら》色、若菜《わかな》色、萌黄《もえぎ》色。

群青《ぐんじょう》色、臙脂色、秋桜《こすもす》色。

無色透明のガラスが、アメリが調合した鮮やかな色に次々と染められていく。

ミハエル老人の考案したステンドグラスの模様も、見事だった。

リエーヌの街並み、草原を駆ける馬、天を舞う天使たち。

あと三ヵ月もすれば、すべてのステンドグラスが仕上がる勢いだ。

シルビエ大聖堂の改修は、ステンドグラスの取り換えだけに留まらなかった。

いつしか大聖堂には毎日のように人々が集まり、内部も整備されていった。

生地屋が椅子の布を張り替え、左官屋が壁を塗り替えていく。

女たちは埃だらけの内部を隅々まで掃除した。

カイルの戦略の成功を、誰もが願っていた。

人々の平和への願いが強まるにつれ、シルビエ大聖堂は見違えるほど美しく姿を変えていく。

そして気づけば、騎士団の一行がロイセン城を発ってから、一ヵ月近くが経っていたのである。

クロスフィールド王国に侵攻した騎士団がどうなったのか、情報は遠く離れたこの地には全く入ってこなかった。

ロイセン城からクロスフィールドまでは、馬を走らせ一週間の距離だ。

往復で考えても、そろそろ戻ってこないと不自然な時期にさしかかっていた。

城で働く人々や街の人々の顔に、次第に焦りが浮かんでくる。

それでも、アメリは諦めなかった。

そしてカイルを想いながら、城にある小さな礼拝堂で朝晩欠かさず祈り続けた。

騎士団が出発してちょうど一ヵ月目の夕方も、アメリは王城内の礼拝堂にいた。

大きさは広めの客間ほどで、供物や燭台の並んだ小さな祭壇があるだけの簡素な部屋だ。それ以外は何もなく、白亜《はくあ》の石壁に囲まれた空間が広がっている。

小さな天窓からは茜色の光が降り注ぎ、祭壇の前に光を落としていた。

神聖な空気の中でアメリが一心に祈りを捧《ささ》げていると、何者かが扉を開けて中に入ってきた。

聖職者の黒服に身を包み、胸元でロザリオを光らせたレイモンド司祭だ。

祭壇の前にいるアメリに気づくと、彼はいつになく神妙な顔をした。

「アメリ様、あなたにこのようなことを言うのは酷ですが……」

レイモンド司祭は暗い表情のまま、アメリのほうへと歩み寄る。

「クロスフィールドへの遠征に、こんなにも時間がかかるのはおかしい。そろそろ、覚悟を決めておいたほうがよいでしょう」

祭壇に向かって両手を合わせたままの姿勢で、アメリは全身を強張らせた。

けれども呼吸を整えると、微笑を浮かべてレイモンド司祭を振り返る。

「大丈夫です。私は、信じていますから」

天色の瞳を持つカイルは、選ばれし者だ。

いつもは冗談ばかり口にしているヴァンも、剣の腕は一流で、仲間の統率をとるのがうまい。マックスは騎士団の中では一番腕が立つと聞いたし、俊敏さではセオに敵う者はいないことも知っている。

この国の王宮騎士団は、強い。

必ずクロスフィールドに在中しているハイデル王国の兵を討って、帰ってくるに決まっている。誰がなんと言おうと、アメリは信じ続ける覚悟だった。

物おじしないアメリの態度に、レイモンド司祭は眉間にしわを寄せる。

それから暗い面持ちのまま黙り込むと、しばらく経ってから、意を決したように顔を上げた。

「あなたにも、そろそろお話するべきかもしれませんね」

「何をですか?」

「このロイセン王朝に、古くから伝わる予言の書についてです。そこには、『鳶色の髪を持つ王太子の死とともに、ロイセン王朝が滅びる』と記されているのです。ですから代々の王は鳶色の髪の世継ぎが生まれることを恐れ、現ロイセン王は鳶色の髪を持つカイル殿下の死を避けるために軍事から遠ざけていました」

レイモンド司祭の青白い顔を見つめながら、アメリは胸を打たれるほどの衝撃を受けていた。

予言の書の話は知っている。そのために〝災いの申し子〟としてカイルが忌み嫌われていたことを、以前聞いたからだ。だが、そこにカイルの死が絡んでいるとは聞いていなかった。

「鳶色の髪を持つカイル殿下の死と、この国の滅亡は、遥か昔から決まっているようなものです。逆らうことはできない。カイル殿下が戦場に出たことで、ついに運命が動きだしたのでしょう」

震えながら語るレイモンド司祭は、カイルの死を確信しているようだった。

ロイセン城に来てから、アメリは学んだことがある。ロイセン王国は、今からおよそ三百年前、大占術師の予言にあやかり建国された。そして近年まで、占術で政を決めていたらしい。彼らにとって、予言や占術は絶対的なものなのだ。

アメリは立ち上がると、レイモンド司祭を見上げた。

「レイモンド様。私は、運命など信じません。自らの手で、切り開くものだと思っております」

レイモンド司祭は、みるみる顔に怒りを滲ませた。

「なんと、無礼な。その発言は、神への冒涜《ぼうとく》に値する」

「無礼でも、かまいません。もしも予言の書が真実で、運命通りに事が運んだとしても……」

アメリは目を閉じた。

瞼の裏に浮かんだのは、どこまでも澄んだカイルの天色の瞳だった。

「私が、変えてみせます」

確固たる意志を漲らせたエメラルドグリーンの瞳を、レイモンド司祭は無言のまま見つめる。

やがて彼は、フッと口元に笑みを浮かべた。

「左様ですか……。さすが、あのカイル殿下が選ばれた女性だ」

レイモンド司祭の胸元で、中心にガラス玉の埋め込まれたロザリオが揺れている。

青紫に近いそれは、帝王紫と呼ばれる色だろう。帝王紫も調合が難しいのだと、昔母が語っていたことをアメリは思い出す。石などから採取される金属酸化物に加え、染料となる特別な実が必要だからだ。

「あなたには敵いませんね。あなたは、この国の運命さえをも変えてしまうのかもしれない」

レイモンド司祭は呟くと、アメリの横を通り過ぎる。

そして祭壇の前で膝をつくと、祈りを捧げた。

「私は聖職者として、ひたすら神に祈りましょう。この国が正しい道に進めるように」

秋が深まり、ロイセン城の中庭の木々が色づきはじめた。

くすんだ水色の空は、冬の訪れを予感させる。

待てども、騎士団が帰ってくる気配はなかった。王はイラ立ちを露わにし、城の者たちの中にも諦めの言葉をはっきりと口にする者が現れるようになった。

満月にほど近い、ある夜のことだった。

その日もアメリは寝つけず、自室のベッドに腰かけ、アーチ窓の向こうの空を見つめていた。

騎士団がロイセン城を発って、四十日が経った。

カイルのいない城での毎日は、生きている実感が持てない。

笑っていても心はいつも空虚だ。

(もしや、やはり……)

目を背け続けていた考えが、ついにアメリの脳裏をかすめた。

その時だった。深夜だというのに扉の向こうから騒々しい足音が聞こえ、何かあったのかしらと、アメリは一層の不安に苛《さいな》まれる。

――バンッ！

暗闇の中ノックもなく乱暴に扉が開かれ、アメリは怯えながら振り返った。

けれども、扉の向こうを見るなり瞳から大粒の涙を流す。

甲冑《かっちゅう》を身につけたカイルが、息を切らしながら立っていたからだ。

「カイル様……」

立ち上がると同時に、アメリは駆け寄ってきたカイルにきつく抱きしめられる。

カイルの身体からは、血と砂埃《すなぼこり》の匂いがした。

帰還するなり、真っ先にこの部屋に駆けつけたのだろう。

「ずっと、信じてお待ちしておりました……。ほかの方たちも、ご無事なのですか？」

「無事だ。今頃、遅れて城に着いている頃だ。お前に早く会いたくて、俺だけ先に馬を走らせたからな」

「……ヴァンも？」

「問題ない。だが今は、ほかの男の名前など口にするな」

カイルは忌々しげに舌打ちをすると、すぐさま唇でアメリの口を封じた。

すべてを奪いつくすような情熱的なキスに、アメリの身体から力が抜けていく。

無我夢中で唇を求めながら、カイルは片手で器用に甲冑を外すと、アメリをベッドに押し倒した。

アメリを見下ろす天色の瞳に、余裕などなかった。

自分を欲してやまない切実な眼差しに、アメリの胸に痛いほどの愛おしさが込み上げる。

鎖帷子をドサリと床に脱ぎ捨てると、黒の上衣姿のカイルは、アメリの髪を優しく撫でながら「いいか？」と救いを乞うように問うてくる。

「……はい」

手を伸ばし、彼の要求に応えるように頰を撫で返せば、すぐにまた唇が重なった。

熱くて、優しくて、泣きたいほどに幸福な時間だった。

生まれたままの姿で全身をくまなく愛され、彼の感触を余すところなく刻まれた。

乱れたシーツの上で、未知の感覚のうねりに震えるアメリの指先を、カイルの男らしく長い指が絡め取る。

重なり合う甘い吐息は、月明かりに照らされた秋の闇に、幾度も落ちては消えた。

「アメリ」

ひとつになった時、痛みに目をぎゅっと閉じたアメリを、カイルが呼び起こす。

初めて名前を呼ばれて驚いたアメリが目を開ければ、恍惚《こうこつ》とした天色の瞳が、ひたむきにアメリを見つめていた。

「目を閉じるな。ずっと、俺だけを見ていろ」

疼痛《とうつう》はやがて、甘い疼きに変わっていった。

身体が、世界が、大きな波に溶けていく。

終わっても、カイルは飢えた獣のように再びアメリを求めた。

絡まり合い、口づけし合い、どちらの身体がどちらのものかわからなくなるほど、熱を交換し合った。

夜が明け、ようやくひと眠りしたかと思えば、また重なり合う。

少し話をして微笑み合ったかと思えば、またキスがはじまる。

心配した様子の侍女たちが大急ぎでドアを開け、食事の乗った盆を置く音を幾度か耳にした。

一体あれから幾日が過ぎたのだろう。ふたりは部屋にこもり、繰り返し肌を求め合った。部屋を離れたのは、王に帰還の報告をしに行ったほんの一時間だけだ。

身体を重ねていない時は、ベッドの上でふたりは互いの身体に触れながらいろいろな話をした。

クロスフィールドでの大勝利や、子供の頃のこと、とりとめもない話。

カイルはアメリの色彩の知識に興味を持って、根掘り葉掘り聞いてきた。

「では、この色はなんだ」

朝日に照らされたベッドに横になったまま、カイルが天蓋に装飾されていた貝殻を指差した。

「それは、珊瑚色です。珊瑚色の色言葉は、〝恋心〟です」

「では、これは？」

「それは、金糸雀色です。金糸雀色は、〝永遠〟を意味します」

寝室にこもってから、こんな調子でもう二百近くの色言葉をアメリはカイルに伝えていた。

カイルが、アメリの顔を見ながらフッと笑う。

「お前はすごいな。色だけで人と会話ができそうだ」

指先が、まるで壊れ物を扱うように優しくアメリの二の腕を撫でた。

「色には、不思議な力があるのです。色彩療法を、ご存知ですか？」

「色彩療法？　なんだ、それは」

「病人に、治癒の効果のある色で刺激を与えることによって、病を癒やす治療法のことです。実際に母は、昏睡《こんすい》状態にある患者の家の窓ガラスを色鮮やかに装飾し、この方法でその人を病から救ったことがあります」

「驚いたな。まるで、魔女のようだ」

「魔女ですか？」

アメリは笑う。昔、姉たちに同じことをよく言われたからだ。

「そうだな、お前は魔女だ」

天色の瞳を細めて、カイルが悪戯っぽく微笑む。

二の腕から這い上がってきた指が、アメリの褐色がかった黒髪を絡め取った。

「魔術でもかけられたかのように、俺の心をつかんで離さない。気がおかしくなりそうだ」

カイルの声が、甘く沈んでいく。

どちらからともなく、また唇が重なった。

この時間が永遠に続くことを切に願うほど、ふたりは幸せだった。

けれどもそんな甘いひとときは、ある衝撃の事件によって断ち切られることとなる。

「カイル殿下……！」

カイルとアメリが寝室にこもって三日目の昼過ぎのことだった。

ノックもそこそこに王の側近が寝室に駆け込んできたため、アメリは慌ててあられもない我が身をシーツで隠した。

「なんだ？」

ベッドに腰かけ、イラ立ったようにカイルが問う。

王の側近は目に見えて青ざめており、全身を小刻みに震わせていた。

その姿に、ただごとではない気配を感じとったのだろう。

カイルは上半身裸のまま立ち上がると、震える側近の肩を激しく揺さぶる。

「……何があった？　早く言え！」

アメリもシーツを身体に巻きつけ、そろりと起き上がった。

いまだかつてないほどに、胸騒ぎがする。

「へ、陛下が……」

ガクガクと顎を動かしながら、側近はようやく口を開く。

目の焦点は合っておらず、額からは汗が噴き出ていた。

「先ほど、お亡くなりになりました……」

部屋の空気が、一気に凍てついた。

衝撃のあまり、アメリは自分の口を両手で覆い、震える息を閉じ込める。

先日、カイルがクロスフィールドからの帰還報告をする際、付き添ったアメリも王に謁見したばかりだった。

『このたびの功績を称える』

忌み嫌っていたはずの息子に投げかけた、王の労りの言葉をしっかりと覚えている。

ぎこちなくはあるが、あの時王がカイルに対する見方をわずかに変えたのを感じた。

そんな彼と突然の死が、どうしても頭の中で結びつかない。

予言に翻弄された哀れな王が、ようやくカイルの本当の姿に目を向けた矢先だったというのに——。

「……なんだと？　なぜだ？」

カイルの声色も、動揺を隠せていなかった。

青ざめた顔で、側近はかぶりを振った。

その様子からして、王の死に何か不可解な点があることは明らかだった。

「わからないのです。今朝から急に高熱を出され寝込んでおられたのですが、先ほど息を引き取られました」

カイルの全身に、殺伐とした空気が漲る。

椅子にかけていた自分のシャツを手に取ると、乱暴に羽織った。そして「お前はここにいろ。部屋からは一歩も出るな」とアメリに言い残し、颯爽《さっそう》と部屋を出ていった。

突然の国王の崩御に、城の中は混乱していた。クロスフィールドでの勝利の喜びが、あっという間に皆の心から消失してしまったほどに。

王は妃を亡くしてから心を病んではいたものの、身体は健康そのものだった。大病を患ったことはなく、腰痛以外の持病もない。

それにしてはあまりにも急すぎる死に、誰しもが毒物の混入を疑った。

王は朝食を完食した直後から、体調不良を訴えていたからだ。

けれども確かめる術《すべ》はなく、毒物にしては亡くなるまでの時間が急すぎると王医が訴えたことで、事態はますます混乱を招いた。

王は朝食である野菜のブイヨンスープとパンをたいらげてから、わずか二時間後に息を引き取っているのだ。王医の知る範囲では、それほどまでに早急に効果の現れる毒薬は、この国には存在しないのだと言う。

だが、その言い分に異論を唱える意外な人物がいた。

ヴァンだ。

彼は王が亡くなる時の様子を人伝いに聞きつけ、神妙な顔で王医に自分の意見を述べに行ったという。

「白目が消えるほどの目の充血に、両腕に見られる紫色の発疹《ほっしん》。これはおそらく、猛毒ゼロノスです」

ヴァン曰《いわ》く、ゼロノスはハイデル王国ではよく用いられる毒物らしく、国の奥地にあるサランの森に生える樹木の種から抽出されるのだという。

かつてはハイデル王国の子爵家の長男だったヴァンには、父親が宰相を毒殺した罪で投獄された過去がある。その際に父親が使用したと疑われた猛毒こそが、ゼロノスだったのだ。

ヴァンの見解を受けて資料を確認した王医は、王の命を奪った猛毒がゼロノスであることを確信した。そして、血相を変えてこの国の幹部たちに報告した。

城の中に、ハイデル王国の間者が紛れ込んでいる可能性があると。

さらなる混乱をきたさないよう、その情報は上層部にしか出回らないように最善の注意がなされ、極秘に調査が行われた。

けれども、朝食に毒物を混入することが可能だった調理人や侍女に厳しく尋問をしても、間者らしき者は出てこなかった。

翌日、ある侍女の発言で事態は新たな展開を見せる。

王に出された食事は、本来王のものではなく、カイルのものだったことが判明したのだ。

「アメリ様の寝室におられるカイル殿下のもとに運ぼうと、お盆に乗せて厨房《ちゅうぼう》の隅に置いていたのです。けれどもちょっと目を離した隙に、別の者が陛下の食事と勘違いして持っていってしまって……。だけど食事の内容は一緒だし、問題ないと思ってそのままにしていたのです……」

罰せられるのを、恐れていたのだろう。まだ少女のようなあどけなさの残るその侍女は、一日を経てようやく涙声で事のあらましを告白した。

毒見は、王の食事のみされる。カイルの食事と王の食事が取り違えられたことで、現国王が毒殺されるというあってはならない事態が起こってしまった。

そのことを懇意にしている侍女伝いに耳に挟んだアメリは、恐ろしさのあまり気を失いそうになった。

狙われていたのは、王ではなくカイルだったのだ。

否応なしにカイルの死を予言した古文書の内容が脳裏をよぎり、アメリはどうしようもなく震えた。

（まさか、本当にカイル様は……）

カイルの死など、考えたくはない。けれども考えざるを得ない状況に追い込まれ、アメリは息をすることすらままならないほどの不安に苛まれた。


王の葬儀は粛々と行われたが、間者の行方はいまだ不明で、城は不穏な空気に包まれている。けれどもいつまでも王位を空白にしておくわけにはいかず、順当にいって第一継承者であるカイルの王位継承が決定した。

そして戦略通りクロスフィールドを打ち破った騎士団が、国境越えのためラオネスクに出兵する前に、取り急ぎ戴冠式が行われることとなったのである。

カイルの戴冠式は、夜会の行われる宴の間で、国の幹部と騎士団の上層部のみを招いて厳かに執り行われた。

国のシンボルである獅子の彫り込まれた金造りの天井の真下で、朱色のローブをまとったカイルは、国の最高司祭から黄金色《こがね》の月桂冠《げっけいかん》を戴冠される。

月桂冠は、ロイセン王朝を打ち立てた初代の王が、夢の中で女神に金色の月桂樹の葉を授けられたという伝説にちなんで代々伝えられてきたものだ。

前王の不可解な死に、まことしやかに囁かれる王城内の間者の噂もあって、会場内は重苦しい雰囲気に包まれていた。

けれども鋭い天色の瞳で前を見据え、ロイセン王朝の由緒正しき血筋を思わせる気品に溢れたオーラを漂わせるカイルの姿は、重厚な絵画から抜け出たかのように美しく芸術的だった。

あまりの神々しさに、カイルの婚約者として最前列でその様子を見守っていたアメリは、しばらくの間息をするのも忘れたほどだった。

戴冠ののち、最高司祭が聖油でカイルの両掌と額を清めると、会場内にはまばらな拍手が起こる。

不穏な空気の中、ここにロイセン王朝の十七代目となる若き王が誕生した。


「アメリ」

その夜、カイルはベッドの中で苦しげにアメリを呼んだ。

「俺は、運命が恐ろしい」

救いを求めるように、彼女の柔らかな胸に鼻梁を寄せる鳶色の髪を、アメリは幾度も優しく梳《と》く。

「なぜですか？」

「俺は、この国の王にはなってはいけない人間だ。それなのに、王になってしまった」

予言の書に書かれていたことが本当になるのではと、カイルは懸念しているのだろう。生まれた時からその古文書に運命を左右されてきたカイルにとって、予言の書は脅威なのだ。

「いいえ、恐れることはありません。あなたはなるべくして王になった方です」

アメリは、胸にきつくカイルを抱きしめた。

「運命などありません。予言に書かれていたことも、信じる必要はありません」

カイルの額にキスを落とし、微笑みかける。

「あなたは、私だけを信じていればいいのです」

順風満帆な生い立ちではなかった。

幼くしてたったひとりの身よりである母を失い、世の中に放り出された。

ウィシュタット家に連れていかれてからは執拗なまでのいびりを受け、自分の存在価値を失った。

自分はなんのため生まれたのか、何を信じて生きていけばいいのか、苦しんでばかりだった。

けれどもカイルと出会って恋をし、身がそがれるほどの深い愛を知り、アメリは知った。

自分がなんのために生まれ、何を信じて生きていけばいいのかを。

全身全霊をかけて、強くも弱いこの人を守りたい。

いいえ、何があろうと守らなくてはいけない。

そんな使命感で、アメリの心は満たされている。

カイルはしばらくの間、揺らぎのないアメリのエメラルドグリーンの瞳に魅せられていた。

けれどもやがて、天色の瞳をそっと細めてみせる。

「そうだな。もともと、俺には何もなかった。だが今の俺にはお前がいる。それならば、お前にすべてを賭けよう」

そしてアメリの白い手の甲に、愛しげに何度も唇を寄せるのだった。

王となったカイルは、まずは古参者以外の城で働く人間を問答無用で全員解雇した。

自分が留守にしている間、ハイデル王国の間者からアメリの身を護るためである。

新たな召使いを大量に雇い入れることになり、王城内はにわかに慌ただしくなった。

そして戴冠式からわずか三日後、カイルはこの国の平和を勝ち取るために、騎士団を引き連れて未開の地ラオネスクへと旅立っていったのである。

りでして」

レイモンド司祭が、声音を下げる。

どこか嫌悪感溢れる物言いに、アメリは彼が言葉通り騎士団の身を案じているだけではないことを感じとった。

レイモンド司祭は、最後まで騎士団のラオネスク入りを反対したひとりだ。悪魔を崇拝していると言われているラオネスクのテス族は、聖職者からは忌み嫌われている。

悪魔の地に足を踏み入れるなど、言語道断。

彼の言葉には、そんな言い分が含まれているのだろう。

「無事を、お祈りするばかりです」

アメリは、言葉を濁した。

彼女の不安を感じとったのか、レイモンド司祭は我に返ったように微笑む。

「大丈夫ですよ、アメリ様」

励ますようにアメリの肩に触れた。

「この国は、必ず正しい道に進めます」

レイモンド司祭の柔和な笑みに心を癒やされつつ、アメリは空の彼方を見つめた。

この空の先にハイデル王国があり、そのさらに向こうにラオネスクが存在する。

未開の地を颯爽と馬で駆ける愛しい人の姿を心の中で思い描きながら、アメリは祈りを込めるようにそっと目を閉じた。

＊＊＊

至るところに熱帯雨林の生い茂るラオネスクは、一年を通して気温が高いと、カイルは以前に書物で読んだことがある。

だが、実際はそこまでではなかった。どこまでも広がる夜の平原を馬で駆けているだけで、容赦のない寒気がカイルの身を襲う。

「うわあ、さっみ～。国境越えの前に、俺死ぬかも」

斜め後ろを馬で駆けているセオが騒々しい。ぼやく元気があるのなら死なないだろうと思いつつ、先陣を切って走るカイルは手綱を握り続けた。

漆黒の夜空には、無数の星が瞬いている。赤みを帯びた上弦の月が、カイルを導くように視線の彼方に浮いていた。

王宮騎士団の一行は、今朝テス族の村を出発したばかりだった。

最初テス族は、突如現れた他国の男たちを警戒し、槍《やり》や弓矢で攻撃してきた。

血気盛んな騎士たちはすぐに応戦しようとしたが、カイルは皆に武器を捨てさせた。

カイルは、彼らの領土を侵略しに来たのではない。

ラオネスクは、あくまでもハイデル王国に渡る通過点にすぎない。

テス族が話せばわかる民族だということを知っていたカイルは、完全なる丸腰になり、長のもとに単独で国境越えの許しを乞いに行った。

そして独学で習得した民族語で、周辺国に呑まれず独自の文化を貫く彼らを敬っていること、自国の平和のためにどうしてもラオネスク側からハイデル王国に侵入しなければならないことを語った。

長い白髭をたくわえたテス族の長は、ぞっとするほどに深い眼差しの持ち主だった。まるで心の中をすべて見透かされているようで、こういう人間も存在するのかと、カイルが畏敬の念を抱くほどに。

けれども、テス族の長は予想外の行動に出た。まじまじとカイルを観察したのち、日焼けした腕で彼をきつく抱きしめたのだ。

カイルを見つめる瞳は肉親に向けられるもののように温かく、カイルは思いがけず胸が熱くなる。

忌み嫌われ疎んじられて育ってきたカイルは、自分の父親をはじめ、これまでの人生で年長者からそういった目で見られたことがないからだ。

まさか全くの異文化の中で育ち、初めて出会った人間から、こういった待遇を受けるとは思いもよらなかった。

話し合いの末、テス族の長はカイルに国境越えを許してくれた。

そのうえ、いざという時は貴国の助けになるとまで言ってくれたのだ。

「地図によると、そろそろ国境です」

セオと並んで馬を走らせているマックスが、大声でカイルに告げた。

ほどなくして、カイルは視線の先に違和感を覚える。

闇の中でうねっているのは、水面のようだ。

「まさか、川か……？」

カイルの隣を馬で駆けていたヴァンが、絶望的な声をあげた。

カイルが馬を停止させると、彼に続いて騎士たちも次々と手綱を引いた。

川のせせらぎに混じり、馬の嘶きが虚しく響き渡る。

「川だと？　川など、テス族の長からもらったこの地図には描かれていないぞ」

「あいつら、適当に地図作ってそうだもんな」

マックスが困惑したように言えば、セオが場違いなほど呑気な声を返す。

カイルは、月の光を頼りに冷静に川を観察した。

細い川ではない。幅五十メートルといったところだ。水流もやや激しい。

だが、一番問題なのは深さだ。

「馬で渡れるのか……。だが、これから戦闘だというのに馬を置いていくわけにはいかないな……」

不安げなヴァンの呟きを聞きながら、カイルは馬から降りた。

そして、寒空の中上着を脱ぎ捨て上半身裸になる。

カイルの行動に、騎士たちが騒然としはじめた。

ヴァンが、怪訝な目でカイルを見る。

「何をしているのです?」

「潜って調べるに決まっているだろう。お前はバカか」

罵られたことでムッとした表情に変わったヴァンを尻目に、カイルは迷いなく川に身を沈めた。

思ったよりも深い。おそらく、馬で入るにはギリギリの深さだ。

だが、問題は五十メートルあるこの先だ。途中から深さが増している可能性は、充分にあり得る。

カイルには、目測でものの距離を正確に測れる能力がある。

距離感に関する戦術の本を熟読するうちに、いつしか習得したものだ。

とはいえ、潜ってみても真っ暗で距離感がつかめない。

カイルは川から顔を上げると、濡れた前髪をかき上げた。

(どうしたものか……)

カイルを見下ろす上弦の月を見上げ、思案に暮れる。

安全を確認できないまま、騎士たちに川を渡らせるわけにはいかない。

出陣前に、カイルは自らに誓ったのだ。

ひとりの死者を出すこともなく、この戦いを終えると。

その時、不意に春の陽気に似た穏やかな温もりを感じて、カイルは自分の左手を見やる。そして目を疑った。左の小指にはめていたアメリのガラス玉の指輪が、眩いばかりの青い光を放っていたからだ。

(まさか……)

半信半疑ながらも再び川に身を沈めたカイルは、進行方向に指輪をかざす。

すると指輪はひと筋の光となって、対岸までを鮮明に照らしたのだった。

案の定、途中から川の水深が深くなっている箇所がいくつもあった。

だが、南南西の方角だけはさほど深くない。

この道を辿れば、全員無事にハイデル王国に渡ることができるだろう。

カイルが水面から顔を上げると同時に、指輪は役目を終えたことがわかったかのように光を失った。

「アメリ……」

カイルは天色のガラス玉に唇を寄せ、故郷に残してきた愛しい恋人のことを想う。

「お前のおかげだ」

そして川から這い上がると、岸で待つ騎士たちに、馬に跨がったまま南南西の方向に進むよう指示した。

寒さも厭《いと》わず、騎士たちは一斉に馬で川に侵入した。

水流にとらわれないように手綱を操りながらズブズブと先へ進めば、いよいよハイデル王国の領土が目前に迫ってくる。

(ようやく、この時が来たか)

カイルの身体の奥底から、燃え滾《たぎ》るような闘志が湧いてきた。

「あなたに、ひとつ言っておきたいことがあります」

すると、隣で川を渡っていたヴァンが、カイルのほうを見ないまま唐突にそんなことを言いだした。

「俺は、あなたが嫌いです。性格が悪いところも、俺の大事なアメリ様を翻弄してばかりのところも嫌いで仕方がありません」

「……何が言いたい」

カイルがギロリと睨めば、垂れ気味のブラウンの瞳がこちらに向けられた。

「だが、あなたのためなら喜んでこの命を差し出しましょう。あなたは、それだけの価値がある人間です」

いけすかない色男の思いがけないセリフに、驚いたカイルは一瞬言葉を失った。

けれども、やがてフッと口元を緩める。

「俺もお前が嫌いだ。機会があれば、ど田舎のリルベ辺りに左遷してやろうといつも思っている」

ヴァンの顔が、腑に落ちないといったように歪んでいく。

「だが……」

カイルはヴァンから視線を逸らし、前方を見つめた。

「アンザムの血筋を失うのは惜しい。血も涙もないハイデル王国の重鎮の中で、お前の父親は周辺国にも理解のある優れた人格者だった」

隣で、ヴァンが息を呑む気配がした。

「お前の家系に、爵位を取り戻してやることは俺にはできない。だが、新たな爵位を授けることはできる。子爵なんてせこいことは言わない。なんでも望む地位をくれてやる。もしも、この戦で手柄を上げたならな」

不敵な笑みを浮かべれば、凍りついたようにカイルを見ているヴァンと目が合った。

ヴァンは泣き顔にも似た笑みを浮かべると「俺は欲深いですよ」とかすれ声を出す。

「あ、ヴァンさんが泣きそうになってる。陛下にいじめられたんですか？」

「お前知らないの？　ヴァンさんって、意外と涙もろいんだよ」

後ろから、からかうようなセオとマックスの声が聞こえた。

やがてロイセン王国の騎士団は全員無事に川を渡り終え、夜のうちにハイデル王国の領地に降り立った。

ロイセン王国との国境とは違い、こちらには見渡す限り見張りの兵士がいない。

ラオネスク側から敵兵が来ることなど、ハイデル王国の人間は想像すらしていないのだろう。

一列に並ぶ騎士団の中から抜け出たカイルは、馬を巧みに操りながら静止すると、騎士ひとりひとりの顔を見渡す。

そして、天高く自らの剣を掲げた。

「――行くぞ!」

獣の雄たけびを皮切りに、騎士たちは一斉に馬を断かせた。

そして、自国の平和のために全速力で夜の平野を駆け抜けた。


カイル率いる騎士団がロイセン王国を発《た》って、二ヵ月が過ぎようとしていた。

夜が深まり城がすっかり寝静まった頃、アメリはネグリジェ姿でひとり自室のバルコニーにいた。

吹く風は凍えるように寒く、冬の空気はキンと張りつめている。

見上げれば、満月を数日過ぎた月が夜空にぽっかりと浮かんでいた。

騎士団の安否は、いまだ不明だ。

けれどもハイデル王国内がいまだかつてないほど騒然としているとの噂は入っているため、何かしらの攻撃を仕かけたのだろうと推測されていた。

どちらが勝ち、負けたのか。

そして騎士団は、この国の若き王はどうなったのか。

細かな情報は何ひとつないまま、時だけが無情に過ぎていく。

興奮し切っている侍女や侍従たちは、騎士たちが姿を見せるなり我先に駆けつけようと必死の形相だ。

するとと、人込みをかき分け前に進み出たレイモンド司祭が、両手を広げ、押し合いへし合いしている人々を制した。

「お待ちなさい。まずは洗礼を受けるのが先です」

レイモンド司祭の落ち着いた口調に、皆は我に返ったように静まり返った。

騎士たちが戦地から帰還した際は、入城の前に司祭による口頭での洗礼を受けるのがこの国の慣例だからだ。

無数の蹄の音がより大きくなり、跳ね橋の向こうに馬に跨がった騎士たちの大群が姿を現した。その中心に、アメリは闇に溶け込むかのような鳶色の頭を見つける。

カイルだ。隣にはヴァンもいる。

遠目だからはっきりとはわからないが、怪我もなく健康そうだ。

途端に肩の力が抜けて、アメリの顔に歓喜の笑みが浮かんだ。

今さらのように、とめどなく涙が頬を伝う。

「では、お迎えに上がります」

アメリの隣にいたレイモンド司祭が、凛とした声を出した。

「神よ、今気づきました。あなたは私に重要な役割をくださっていたのですね……」

横をすり抜ける直前、レイモンド司祭は彼女にしか聞こえないような小さな声で、そんなことを呟く。

違和感を覚えたアメリが彼に視線を向ければ、胸元で妖しく光るロザリオが目に入った。

帝王紫のガラス玉のはめ込まれたそのロザリオを彼はいつ何時《なんどき》でも身につけていた。

『アメリ。帝王紫はね、お母さんには調合が難しいのよ』

突然アメリの脳裏に懐かしい母の声が蘇り、ドクン、と心臓が不穏な音を鳴らした。

レイモンド司祭の背中が、跳ね橋の向こうに遠ざかる。

カイルはすでに馬から下りて、自分のほうへと歩み寄るレイモンド司祭を待ち受けているようだった。

ドクン、ドクン。

嫌な汗が、アメリの全身から噴き出していた。

『この黒っぽい紫を調合するには、ラックルという木から抽出される液を混ぜないといけないの。でもね、お母さんにはその実を手に入れることは無理なのよ』

『どうして？』

『ラックルはね、サランの森という場所にしか生えていないからよ』

『サランの森？』

『そうよ。サランの森は、ハイデル王国の奥地にあるの。違う国の人間が、あの森の資源を持ち出すことは禁止されているわ。だから、帝王紫はハイデル王国の人間しか作れない色なのよ』

（なんてこと……！）

アメリは、震えながら前を見据えた。

こんなにも間近にいた敵に、どうして今まで気づかなかったのだろう。

司祭であり古参者だという二面だけで、彼を信頼し切っていた。

レイモンド司祭は、奇妙なほどカイルの死を予言した古文書にこだわっていた。その時を狙ってロイセン王国に混乱をきたすため、長年この国に潜伏していたのかもしれない。

だが、カイルは死ななかった。

だから、自らの手で予言を遂行しようとしたのではないだろうか。聖職者という立場上、城中どこでも出入りできるレイモンド司祭ならば、食事に猛毒ゼロノスを入れることは可能だ。

運よくカイルは死ななかったが、今もずっと暗殺の機会を狙っていたのだとしたら――。

カイルの前へと歩み寄りながら、レイモンド司祭が自分の懐に手を入れる。

途端に全身に悪寒が走り、アメリは無我夢中で走りだしていた。

カイルも、その周りにいる騎士たちも、油断のあまりレイモンド司祭が手の内側に忍ばせた短剣に気づいていない。

カイルが、近づいてくるアメリに気づいて微笑んだ。

そして、彼女を欲するように両手を大きく広げる。

（どうか、間に合って――）

アメリは、レイモンド司祭を追い抜くと、死に物狂いで愛しい人の胸に飛び込んだ。

カイルは優しくアメリを受け止めると、これ以上にないほどきつく抱きしめる。

「会いたかった……」

温もりに包まれ、恋い焦がれてやまなかった声に耳元で囁かれると同時に、アメリの背中に鋭い痛みが走った。

カイルを狙ったレイモンド司祭の短剣が、突然のアメリの出現によって遮られ、カイルではなくアメリの背中に刺さったのだ。

「う……」

アメリは小さなうめき声をあげると、カイルの胸にもたれかかった。

傷口から痛みが全身に走り、立っていられないほどの倦怠感《けんたい》に襲われる。全身から汗が噴き出て、傷口から血が溢れ出す感触がした。

「アメリ……？」

異変に気づいたカイルは短剣を手にしているレイモンド司祭に気づくと、表情を一変させた。

またしてもカイルの命を奪えなかったことに混乱しているのか、レイモンド司祭は
「なぜだ、ごんなはずでは……！」と狂気的な声をあげている。

そしてすぐさま、アメリを刺した短剣を自分の喉元に突きつけた。

「ハイデル王国、万歳‼」

耳を疑うような絶叫を残すと、レイモンド司祭は自らの喉を剣で突き刺した。

そして、あっという間に息絶えてしまったのである。

「まさか、あろうことかこの男が間者だったのか……。ああ、アメリ様……」

どこからか、動転したヴァンの声がした。

薄れゆくアメリの視界に、狼のように殺気を漲らせ、怒りで小刻みに震えているカ

イルの姿が映った。

カイルはアメリを抱きかかえたまま腰から剣を抜くと、狂ったように地面に転がるレイモンドに突き立てた。

幾度も幾度も、残酷なまでにもう動くことのない男を斬りつける。

「陛下、もうおやめください。その者は、とっくに死んでいます！」

暴れる野獣を背後から取り押さえたのは、マックスのようだ。

その声でようやくカイルは我に返ると、肩で激しく息をしながら自らの胸の中にいるアメリに視線を戻す。

（なんて、哀しそうな顔なのかしら……）

アメリは、カイルにそのような表情をさせてしまったことが心苦しくなる。

彼女の意識は、いよいよ限界を迎えようとしていた。

ナイフに毒でも塗りこめられていたのか、傷口だけでなく全身が燃えるように熱い。

アメリは震える手を伸ばし、柔らかな鳶色の髪の毛にそっと触れた。

「カイル様、約束してください……。古今類をみないほどの、この国の立派な君主となられることを……」

今にも消えてしまいそうなほど不安げな天色の瞳に、最後の力を振り絞って微笑みかける。

「近い未来、男たちはあなたを英雄と称えるでしょう……。女たちは皆あなたに恋をし、子供たちは……あなたに憧れる……。あなたは……そういう存在になるでしょう」

カイルは、選ばれし人間だ。

彼が治める限り、この国はどこまでも繁栄するだろう。

「でも、不安になった時は……私のことを思い浮かべてください……。あなたの弱さも孤独も、すべて私が受け止めましょう……」

私の、愛しい獣。

英雄のあなたも愛しいが、ひとりの孤独な男としてのあなたが、この世の何よりも愛しい。

「アメリ……」

天色の瞳から溢れた涙が、アメリの頬に落ちる。

「アメリ、死ぬな。死なせてなるものか……」

「カイル様……」

「アメリ……!」

嗚咽にも似たカイルの呼び声を耳にしたのを最後に、アメリの意識は途切れた。

永劫不変の愛を君に

いつの間にか、アメリは真っ暗な空間にひとり佇んでいた。

傷口は癒え、身体中の痛みも消えている。

「……ここは、どこ？」

必死に辺りを見回したが、どこまでも果てのない闇が続いているだけだった。

怖くなったアメリは、闇雲に歩きだす。

「カイル様……」

真っ暗な空間は、いつまでも途切れる気配がなかった。

延々と暗闇の中を歩き続けていると、光がどういうものだったかすら忘れてしまいそうだ。

不安で孤独で、アメリは自分の存在そのものすら闇なのではないかと心配になる。

果てしない距離を歩んだところで、唐突に頭上から爆音が聞こえた。

アメリはビクッと肩を竦《すく》ませ、立ち止まる。

爆音は止む気配がなく、人々が逃げ惑う足音が響きだす。

「何かあったのかしら……」

アメリは、きょろきょろと辺りを見渡した。

すると、暗闇の中に少年が倒れているのを見つける。

しきりに肩で息をしていて、ひどく苦しそうだ。アメリは、迷わず彼に近づいた。

鳶色の髪をした美しい少年だった。

どこかしらカイルを彷彿とさせる面影に、親近感が湧く。

「苦しいの……？」

アメリの声に、少年がうっすらと瞳を開ける。深海を連想させる紺瑠璃《こんるり》の瞳が、姿を現した。だが意識が朦朧《もうろう》としているのか、視界が定まらないようだ。

アメリは少年の脇に座り込むと、優しくその頭を撫でた。アメリが頭を撫でると気分が安らぐのか、少年は幾分か顔色がよくなっていくのだった。

「大丈夫よ、あなたは強いわ。私にはわかるの」

アメリは、少年に囁きかける。

「信じなさい、自分を。そして、愛の力を」

そう言ったあとで、我に返る。

たまらなくカイルに会いたくなって、泣きそうになっていた。

カイルは、どこにいるのだろう。

アメリは、もう永遠に彼に会えないのだろうか。

しんみりとした気持ちになりながらふと顔を上げれば、いつからいたのか、幼い少女が驚いたようにこちらを見ていた。

蜂蜜色の髪の、愛らしい少女だ。

温もりを閉じ込めたブラウンの瞳に、なぜか懐かしさを覚える。

アメリは立ち上がると、少女に近づいた。

少女からはアメリの姿は見えていないようで、不安げに地面に倒れる少年を見つめているばかりだ。

「彼のことは、あなたに任せたわ。私はもう、行かなくてはいけないの」

アメリは少女の額にキスを落とすと、カイルを求めて暗闇の中を再び突き進んだ。


闇は、どこまでも続いた。

太陽の光も、月の光も、もう思い出せない。

ステンドグラスの彩りも、シャンデリアのきらめきも、ガラス玉の輝きも、何もかもを忘れてしまった。

自分が何者なのか、どんな形をしているのかすら、わからなくなってしまいそうだ。
アメリは震えながら、それでも前を目指す。
ただひたすらに、愛しい人の姿だけを求めて。
――その時だった。
アメリは、闇の彼方にキラリと光る何かを見つけた。
「ガラス……？」
自然と急ぎ足になる。
キラリとした輝きは、近づくにつれ、ひとつまたひとつと色を増していく。
珊瑚色、若草色、金糸雀色、菫色、鳶色、そして天色――。
『……アメリ』
愛しい声が、光の中から聞こえた。
まるで、光が声を発しているようだ。
近いようで遠い、そんな声だった。
アメリは、声のする方向へと必死に駆けだした。

＊　＊　＊

君の世界を、色で染めよう。
珊瑚色、若草色、金糸雀色、菫色。
薔薇色、若菜色、萌黄色、群青色。
君が私の世界を色づけてくれたように、今度は私が君の世界を変えてみせる。
色はやがて無数の愛の言葉となって、君のもとに届くだろう。
瑠璃《るり》色、葵《あおい》色、真珠色、秋桜色。
雪《ゆき》色、虹《にじ》色、浅葱《あさぎ》色、杏《あんず》色。
時が過ぎ、この身が果て、時代が移ろっても。
この国に溢れた数多の色は、永遠に君への愛を囁くだろう。
この胸に溢れてやまない君への想いは光となり、永久にこの世界を染める。
だから、アメリ。
どうか、もう一度だけ。
もう一度だけ、私に微笑みかけてくれないか——。

＊　＊　＊

鼻先に漂う微かな香りに、アメリはうっすらと目を開けた。

みずみずしい新緑の香りに入り交ざるのは、ガラス原料を煮つめた時に漂う独特な香りだ。

ぼやけた視界は定まらず、刺すような光の眩《まぶ》しさに再び目を閉じそうになる。

けれどもアメリは必死に瞼を押し上げた。

そして、驚きのあまり息を呑む。

アメリが横たわっているその部屋が、あらゆる色のガラスで装飾されていたからだ。

壁にも、天井にも、余すところなく形さまざまなガラスが埋め込まれている。

六枚ある窓ガラスも見事なステンドグラスになっていて、色とりどりの窓を透過した光が、部屋中のガラスをキラキラと輝かせていた。

珊瑚色、若草色、金糸雀色、菫色。

薔薇色、若菜色、萌黄色、群青色。

溢れんばかりの愛の色言葉が、部屋中を満たしている。

この世のものとは思えない美しさ。

まるで、光の世界を漂っているかのようだ。

身体が、陽だまりのような温もりに満たされている。

アメリはすぐに、その温もりが数多の色言葉のおかげだけではないことに気づいた。

ベッドに横たわるアメリの身体は、懐かしい感触にすっぽりと抱きしめられていたのだった。

鉛のように重い身体を動かし横を向けば、窓から入り込んだそよ風に揺れる鳶色の髪が目に映った。

「カイル様……」

カイルは、寝息ひとつたてずに眠っていた。

整った鼻梁、薄い唇、滑らかな肌。

彼の顔を形作るすべてに、愛おしさが込み上げる。

髪が以前より短いせいか、少し大人びた印象を受けた。

色鮮やかな光の中で眠るカイルは、美しかった。

アメリは指先を伸ばし、柔らかなその髪にそっと触れる。

「カイル様……」

涙が溢れてやまなかった。

長い暗闇を歩んでいる間も、ずっとアメリを呼ぶ彼の声を聞いていた気がする。

けれどもどんなに歩いてもカイルのもとには辿り着くことができず、アメリは哀しみに暮れていた。

だが、ようやくこうやって、彼の温もりを肌で感じることができる。

すると、微かな嗚咽を聞きつけたのか、カイルがピクリと肩を揺らした。

そして、ゆっくりと目を開ける。

以前よりもずっと知性を秘めた天色の目は、アメリに気づくなり、みるみる見開かれていった。

「カイル様、おはようございます」

アメリが微笑んでも、カイルは凍った表情を崩さない。

まるで出会った頃のように、険しい顔だ。

「カイル様……?」

また、嫌われてしまったのだろうか。

アメリが不安を覚えていると、唐突にきつくかき抱かれた。

鍛え上げられた背中が、小刻みに震えている。

「アメリ。もう、目覚めないのかと思っていた……」

彼女の首筋に顔をうずめ、まるで子供のように泣きじゃくる獣の鳶色の髪を、アメリは優しく梳いた。

「ずっと、あなたの声を聞いていました。色とりどりの光も見えていました……。私は、どのくらい眠っていたのですか？」

「二年だ」

「二年も……」

驚くと同時に、カイルを抱きしめながら虹色に輝く部屋を見渡す。

言葉で伝えられなくとも、この部屋を見ればわかる。

カイルがどれほどアメリを愛し、アメリの目覚めを待ち望んでいたのかを。

ガラスの欠片ひとつひとつには、カイルの果てしない想いが込められていた。

そこでようやく、カイルはアメリの首から顔を上げる。

改めて見れば、以前よりも棘《とげ》がなくなり、精悍な顔つきになっていた。まるで清流に洗い流されたかのように、人を寄せつけない殺伐とした空気が和らいでいる。

彼が人民を思いやる君主として成長を遂げたことが、見ただけでアメリにはすぐにわかった。

「……立派な王様になられましたね」

「立派な王様だ。お前と約束したからな」

アメリが微笑めば、カイルも涙に濡れた顔で微笑み返した。

「今度は、お前が約束してくれ」

天色の瞳が、切実な色を浮かべる。

「もう二度と、俺を置いてどこかに行かないことを。一生、その先も、ずっと俺のそばにいることを」

苦しげなカイルの言葉が、アメリの胸に刺さる。

アメリがどれほど彼を苦しめ不安にしたのかを、思い知った。

その孤独は、悪獅子と恐れられていた頃とは比べものにならないほどに深いものだっただろう。

それでも、彼は気丈に前を見据え国を守った。

すべては、アメリのためだけに。

「あなたを、不安にさせてしまったことをお許しください」

この想いは、言葉では伝えきれない。

それでも、言葉にしなければならないのがもどかしい。

こんなにも、愛が尊いものだとは知らなかった。

一生をかけて、彼にこの感謝の気持ちを捧げたい。

「約束します。カイル様。これからは、一生、その先も、ずっとあなたのそばに寄り添います」

二年前、レイモンド司祭がアメリを刺した短剣には、王の命を奪った猛毒ゼロノスが塗りこまれていた。その場にいた騎士たちは総出で夜通し国中を駆け回り、どうにか解毒剤を調合できる薬師を探し出した。

ゼロノスは即効性の高い毒薬だが、傷口からの毒の回りは経口より時間を要したことは幸いだった。アメリは一命をとりとめたものの昏睡状態に陥り、二年間目を覚ますことはなかったという。

カイルはミハエル老人をはじめ街の人々に頼み、アメリを目覚めさせるために、部屋中をガラスで装飾した。部屋の装飾が終わると、今度は回廊を色とりどりのステンドグラスで埋めつくした。

それでも物足りず、王の間、ギャラリー、庭園に至るまで次々と城は改修されていった。重々しい要塞城だったロイセン城はいつしか白亜の美しい城に生まれ変わり、無数の色に満ちた煌びやかな内装と合わせて、人々を魅了するようになる。

城だけではない。この二年のうちに、王都リエーヌも様変わりしていた。

ハイデル王国が破れたことで、その同盟国だった国々が次々とロイセン王国と交流を持つようになった。そのうえ未開の地だったラオネスクと同盟を結んだことで、資源に溢れたラオネスクからの供給も確保できるようになった。結果、リエーヌの街には物資が溢れ、世界有数の都市として賑わうようになったのである。

また、国王がガラス産業に力を入れていることもあって、リエーヌには世界中からガラス職人が集まるようになった。街には色とりどりのガラス細工の店が並ぶようになり、王都リエーヌは次第に〝虹の都〟として世界中に名を知られるようになっていったのである。

アメリが眠りから目覚めて半年後。

ロイセン王国の王都リエーヌの中心部にあるシルビエ大聖堂では、国王の結婚式が行われることとなった。

王族に、貴族、それから平民を交えての結婚式は前代未聞である。

シルビエ大聖堂のあるシルビエ広場には、大聖堂に入り切らなかった人々が溢れ返るほどの大盛況となった。

リエーヌの大通りにも所狭しと人が並び、この国の英雄とその新妻の結婚を心から祝福した。

太陽光を受けて煌びやかに輝くステンドグラスが神々しい大聖堂のヴァージンロードを、真珠色のウエディングドレスに身を包んだアメリはゆっくりと歩んでいく。

ドレスと同じ真珠色のベールはどこまでも長く神々しく、褐色に輝く髪の花嫁の美しさと相まって、参列している誰もが感極まっていた。

「アメリ、なんて綺麗なんだい」

途中でエイダンの声が聞こえ、グズグズとハンカチで鼻を啜《すす》っている彼女にアメリは微笑みかけた。

近くには、ミハエル老人の顔も見える。

ミハエル老人はアメリと目が合うと、涙ながらに頷いてみせた。

その先に見える小さな背中は、カチンコチンに緊張しているアレクだ。以前よりは成長しているものの、あどけない表情は変わっていない。

鍛冶屋に、パン屋に、ガラス工房に遊びに来てくれた子供たち。

大聖堂の中は、アメリの知った顔で溢れていた。

自分の作ったステンドグラスに照らされた人々の顔を、アメリは幸せな気持ちでひとりひとり見つめた。

そして最後に、祭壇の前でアメリを待つこの国の英雄をしっかりと見据える。

獅子の紋章の縫いつけられた朱色の詰襟軍服に身を包んだカイルは、背筋を伸ばしてアメリにひたむきな視線を向けていた。

胸に並んだ数々の徽章《きしょう》が、勇ましい。ステンドグラスの光の中できらめく天色の瞳の美しさに、アメリは惚れ惚れとしてしまう。

カイルはアメリのしなやかな指先を手に取ると、まるで宝物を扱うように優しく神の御前に誘った。最高司祭の前で互いに誓いの言葉を述べると、熱いキスを交わす。

この国の英雄と美しき新妻の永遠の幸せを、その場にいる誰もが心から願った。

挙式のあとは、馬車に乗っての祝賀パレードだ。

四人の騎士に前後を守られながら、カイルに手を引かれたアメリは大聖堂から馬車までの道を歩む。護衛の騎士たちの中には、マックスとセオの姿もあった。

至るところで歓声が飛び交い、街はお祭り騒ぎだ。

馬車に乗る直前に、アメリは人込みの中に見知った顔を見つける。

「ヴァン……！」

「アメリ様、遅くなって申し訳ございません」

ヴァンは、上質な刺繍の施された臙脂色のジュストコールを身にまとっていた。

持ち前の甘いマスクも手伝って、まるで若貴族のようだ。

「何分、住んでいる場所が果てしなく遠いものでして。それにしてもなんとお美しい」

「リルベに左遷されたんでしょ？　大丈夫なの？」

アメリが目覚めた時、ヴァンはすでに騎士団を辞めていた。カイルに行方を聞いたら『リルベに左遷した』と不機嫌そうに答えたので、ずっと気がかりだったのだ。

「田舎も悪くないですよ。俺がいればどこにでも女はやってきますしね」

にっこりと、ヴァンは微笑んだ。

「違いますよ。ヴァンさんじゃなくて、辺境伯の身分に魅かれてるんでしょ」

アメリを護衛していたセオが、白けたような口調で言う。

「辺境伯ですって⁉」

アメリは、目を丸くしたあと、急いでカイルを見た。

カイルは、ばつが悪そうにアメリから視線を外す。

アメリは嬉しさのあまり、夢中になってカイルに抱きついた。

「カイル様、ありがとうございます……！」

ヴァンの不幸な境遇を知っているアメリにとって、これほど嬉しいことはなかった。

カイルとヴァンは一見して仲が悪いように見えるが、カイルはちゃんとわかってくれていたのだ。

「あれ？　国王陛下、顔が真っ赤……いてっ！」

茶化すようなセオの声が聞こえたが、すぐに悲痛な声に変わった。

カイルが、アメリにわからないようにセオの足を踏みつけたのだ。

「どんなに英雄面してても、相変わらず性格悪いな」

「ですね」

面白そうにヒソヒソと語り合うヴァンとマックスをその場に残し、ふたりは四頭の白馬が率いる金模様の装飾された豪華な馬車に乗り込んだ。

そして、どこまでも人の列の絶えないリエーヌの通りを走りだす——。

ロイセン王国の王都リエーヌは、〝虹の都〟として世界に名高い。

そしてそのロイセン王国を強大にした獅子王とその妻アメリの物語は、末永く人々に愛され続けたのである。

特別書き下ろし番外編

英雄王の類稀なる寵愛

目を開ければ、虹色に輝く色彩の中にいた。

ステンドグラスを透過した朝日が、壁一面に埋め込まれたガラスを輝かせ、色とりどりの光のプリズムを作り出している。

まるで夢の世界だ。

そして、背中には愛しい人の温もり。

すっぽりと包まれた腕の中で身体をくるりと反転させれば、カイルの整った顔が目の前にあった。

微かな寝息をたてながら、カイルは気持ちよさそうに眠っていた。

窓から入り込んだ春のそよ風が、以前より少し色素の薄くなった鳶色の髪をふわりと揺らしている。

アメリの一日は、そんな幸福なひとときからはじまる。

愛しい人の頬に指を滑らし、「カイル様」と囁けば、瞼がゆっくりと開いて天色の瞳が姿を現した。

アメリを見るなり、どこまでも澄んだ夏の青空のような瞳を細めると、カイルは彼女の髪を指で梳きながら額にキスをした。

柔らかな感触ひとつで、アメリはつま先まで幸福に満たされる。

「カイル様、おはようございます」

「ああ」

「そろそろ起きなければ、ご政務に差しさわりがあるのでは」

「そうだな」

口では肯定の返事をしていても、カイルは一向に起きる気配がなかった。

ノースリーブのネグリジェから伸びたアメリの二の腕を撫でながら、瞼、鼻、頬、と順にゆっくり口づけを落としていく。

二の腕を滑ったカイルの手は腰まで下りると、アメリの身体のラインをなぞるように幾度も往復した。

情事の前を思わせる手つきに、羞恥心からアメリは顔を伏せた。

昨夜も身体の隅々まで愛されたばかりだというのに、いつまで経っても恥じらいは消えてくれない。

「カイル様、もう起きなければ……」

「もう少し、こうしていたい」

顎に指先が添えられ、やや強引に上を向かされる。

恍惚とした視線を浴びると同時に、今にも触れ合いそうな距離に唇を寄せられた。

「でも……」

「こうして捕まえていないと、またお前が眠ってしまいそうで怖いんだ」

アメリは、一瞬にして息を呑む。

哀しげな色を浮かべる天色の瞳に心を奪われ、胸が軋んだ。

「……大丈夫です。私は、もうどこにも行きません」

必死に訴えれば、「そうか」とカイルは穏やかに言った。

そして、甘い果実を味わうように、ゆっくりと唇が奪われる。

優しいキスによって全身に甘い疼きが巡り、身体から力が抜けていく。カイルはそんなアメリをきつく抱きしめると、耳元で「死ぬほど愛している」と囁いた。

ふたりが結婚して一年が過ぎた。

アメリが猛毒による昏睡状態から目覚めてから、およそ一年半が経とうとしている。

それにもかかわらず、カイルはいまだアメリに対して異常なほど過保護だった。

ふたりでいる時は隙あらば愛の言葉を囁かれ、常に身体に触れていたがる。

悪魔や悪獅子と呼ばれ、氷の刃のようにアメリを突き放していたことなど、今となっては嘘のようだ。

けれども、カイルの深い想いが身に染みるたびに、アメリの胸は痛むのだった。眠りから目覚めなかった二年間、彼女がどれほど彼を苦しめていたかを、否応なしに思い知るからだ。

今では英雄と崇められ、国民から慕われているカイルだが、その生い立ちは決して華やかではなかった。

鳶色の髪を持って生まれたがゆえに城の者から虐げられ、誰にも本当の自分を理解されないまま、カイルは孤独に生きてきた。

アメリは、彼の孤独に寄り添える唯一の存在なのだと思う。

だからこそ、彼女にはひとつの懸念があった。

「カイル様」

「なんだ？」

「今日、街へ行ってもよろしいでしょうか？」

王妃となってからも、アメリはときどき城下町であるリエーヌに赴いていた。顔なじみに会ったり、ガラス工房の視察をしたりと、リエーヌでの時間は相変わらずアメリを和ませてくれる。

「……わかった。いつも通り、マックスを連れていけ」

「ありがとうございます」

アメリは、大勢の護衛や従者を引き連れて歩くのを好まなかった。それを知っているカイルは、アメリが外出する際はいつも赤髪のマックスを付き添わせた。

カイルが国王となってから、マックスは王宮騎士団の騎士団長を務めている。だから本当は護衛をするような立場ではないのだが、カイルはこればかりは譲らなかった。アメリの忠実な騎士だったヴァンがロイセン城を離れた今、マックスが最も信頼の置ける存在だからだろう。それほどに、アメリのことを大切に思ってくれているのだ。

「必ず戻ってこい」

少し拗《す》ねたような口調で、カイルが言う。『本当は俺が付き添いたいが、そういうわけにもいかないからな』と、カイルが以前にこぼしていたのをアメリは思い出す。ロイセン王国の君主である彼は、今や日々政務に追われ、気軽に城を離れることができる身ではない。

「必ず、戻って参ります」

英雄と崇められ、他国からも一目置かれている偉大な王が、アメリだけに見せる仕草がたまらなく愛しい。

アメリは微笑むと、愛する夫の額に自らの額をひっつけた。

繰り返し身体を重ねているというのに、カイルは幼子のようなそのじゃれ合いに至福の笑みを浮かべる。そしてアメリを抱き寄せ、息をつく間もないほどのキスを返してくるのだった。

昼過ぎ、アメリは騎士のマックスとともに馬車に乗り込み、リエーヌの中心地に向かった。

「マックス、いつもありがとう。忙しいのに申し訳ないわ」

「とんでもない。アメリ様のためであれば、いつでもこの身を差し出しますよ」

ロイセン王国に代々仕える忠実な騎士の家系とあって、マックスは実直な性格をしていた。そのうえ仲間思いで、騎士たちからも慕われている。

「今日はどこに行かれるのですか?」

「エイダンの宿屋まで行ってほしいの」

「かしこまりました」

宿屋兼酒場の看板女房であるエイダンは、アメリが王妃となってからも気さくに接してくれる。もともと平民出のアメリは、王妃として敬われることにいまだ馴れていないし、これからも馴れる気がしない。だから今までと同じように接してくれるエイダンといると、心が休まるのだった。

それに、唯一の女友達とあって、カイルには話しにくいことも相談できる。

馬車をシルビエ広場の馬車付き場に停め、マックスとともに商業通りを行く。

王妃となってからも、アメリは煌びやかな服装を好まなかった。以前リエーヌに滞在していた時のような町娘風の格好はさすがにできないが、今も極端に装飾の少ない鳥《と》の子《こ》色のドレスをサラリと着ているだけだ。

マックスも生成りの上衣に焦げ茶色のズボンといった、普段の装いだ。帯剣していなかったら、どこからどう見ても町人にしか見えない。

まだ酒場がはじまる前の昼下がり、エイダンは宿屋のフロントで、赤ん坊をおぶりながら帳簿書きをしていた。すぐ傍らでは、四歳になる長男がブリキでできた馬の玩具で遊んでいる。

「エイダン、久しぶり」

「アメリじゃないか！」

エイダンは嬉しそうに目を輝かせると、アメリのもとへ駆け寄る。

そしていつものように、肉厚な掌でアメリの肩をポンポン叩いた。

「元気だった？　エマも、少し見ないうちに大きくなったわね。ふふ、可愛い」

エマとは、エイダンがおぶっている赤ん坊のことだ。先日会った時は生まれて三ヵ月だったから、そろそろ七ヵ月といったところだろう。カールした胡桃色の毛が可愛らしい、恰幅のいい赤ん坊だ。

「私はいつだって元気だよ。それにしても、王妃様だっていうのに相変わらず質素な格好だねえ。まあ、あんたのそういうところが好きなんだけどさ。そうだ、何か飲み物を持ってくるから、ちょっと待っててておくれ」

エイダンが奥に消えると、アメリは室内を見回した。いつもエイダンの陰に隠れて存在感の薄い宿屋の主人は、どこかに出かけているのか見当たらない。これは、エイダンとふたりきりで話す、またとない機会だろう。

「マックス、ごめんなさい。エイダンとふたりだけで話がしたいの。少し席を外してくれないかしら？」

アメリの申し出に、後ろに控えていたマックスがしばし考えるような表情を見せた。単独で王妃の護衛に当たっている彼の任務は、責任重大だ。真面目な彼にしてみれば、今のアメリの言葉は不本意だろう。だが、「お願い、マックス」というアメリの再々の懇願に、ついにマックスは折れる。

「わかりました。宿屋の前にいますから、くれぐれもここを離れないようにしてくださいね」

「ありがとう、マックス」

マックスが扉の向こうに出てから、アメリはカウンター前に備えつけられた木製の長椅子に腰かける。

「このうま、カッコいい？」

床で遊んでいたエイダンの長男ブライアンが、ニコニコしながらアメリにブリキの馬を見せてくる。

「ええ。とってもカッコいいわ、ブライアン」

「へへ」

嬉しそうに膝に抱きつくブライアンを、アメリは優しく抱き上げた。

小さなブライアンの身体は、ふわふわとしていて抱き心地がいい。

（なんて可愛いの）

母性本能をくすぐられたアメリは、同時に複雑な気持ちになるのだった。

そこに、盆を手にしたエイダンが戻ってくる。

「あら？　あの背の高い騎士さんはいなくなったのかい？」

「マックスには、外で待つようお願いしたの。エイダンと、ふたりきりで話したかったから……」

「なんだい？　改まって」

湯気の立ち上る三つのカップをカウンターに並べたあとで、エイダンが心配そうにアメリの隣に腰かけた。

膝の上でキャッキャとはしゃいでいるブライアンの頭を撫でながら、アメリは外にいるマックスに聞こえないよう小声で切りだす。

「その……。エイダンは、結婚してからどのくらいで赤ちゃんができた？」

深刻なアメリの声色に、エイダンは束の間瞠目した。

そして一瞬でアメリの悩みを理解したかのように、思慮深い笑みを浮かべる。

「なんだい、そういう相談かい。これぱかりは人によるものだから、私のことを聞いても参考にはならないよ」

「でも、結婚してそろそろ一年になるのに……」

アメリの声が沈んでいく。

毎晩閨《ねや》のことをしていても、アメリには子供を授かる兆しがなかった。カイルはそのことに関して一切触れはしないが、彼だって子供を望んでいるに決まっている。

「まあ、あんたの場合は私らとは事情が違うからね。悩むのも無理はないかもしれないが……」

エイダンは背中におぶった赤ん坊を下ろしながら、アメリをたしなめるように言う。

「焦るのは余計に身体によくないよ。まあ、あんたにベタ惚れの国王は、あんたさえ近くにいればそんなことはどうでもいいように思っている気がするけどねえ……」

「そうかしら……」

ふたりの間に子が生まれるか否かは、ロイセン王国の行く末に関わる大問題だ。

だが、アメリが子を望むのにはそれ以上の理由があった。

カイルに家族を作ってあげたいのだ。

生まれて間もなくして母親を亡くし、父親にないがしろにされて育ったカイルは、身体に孤独が染みついている。猛毒に侵され眠り続けた時のように、この先アメリにもしものことがあったらと思うと、心配で胸が締めつけられるのだ。

だが子供がいれば、彼はひとりではない。

「そうさ。あんたほど夫に愛されている奥さんも、この世にはそういないだろうさ。だってあんたが眠っていた間の国王の奔走ぶりは、すさまじいものがあったからね」

アメリが昏睡状態に陥っていた間の話は、エイダンに再々聞いたので知っている。

色彩療法によってアメリの意識を戻すために、カイルは忙しい政務の合間を縫ってはミハエル老人のガラス工房に赴き、自らアメリの部屋を飾るためのガラス造りを手伝ったという。

そのうち、もともと頭脳明晰《ずのうめいせき》で手先も器用なカイルは、ガラス職人にも一目置かれる手腕を発揮したというから驚きだ。国王に負けないようにと、ガラス職人たちもより一層腕を磨くようになったらしい。

「大丈夫だよ、アメリ」

エイダンは、アメリを励ますように優しくその背を撫でた。

「なるようになる、信じて待つんだ。もし子をなさなくても、誰も悪くない。あんたたち夫婦が深く愛し合っていれば、それで充分なのさ」

王妃となった今でも、アメリに気を遣うことのないエイダンの物言いは、アメリを安心させた。アメリにしろ、このことが自分の力ではどうにもならないのはわかっている。ただ、誰かに不安な胸中を聞いてもらいたかったのだ。

「ありがとう、エイダン」

「どういたしまして。思いつめた時は、いつでもおいで。旦那追い出して、ひと晩中でも話を聞いてやるからさ」

アメリの悩みを吹き飛ばすように、ワハハッとエイダンが豪快に笑ってみせた。

積もる話に花を咲かせているうちに、気づけば三時間近くが過ぎていた。

あまり長居をすると、カイルが心配する。

アメリは話を切り上げるとエイダンに別れを告げ、入口に控えていたマックスを連れて宿屋をあとにした。

「待たせてしまってごめんなさい、マックス」

「平気ですよ。むしろ、訓練から解放されて感謝したいぐらいです。まあ、俺が団長になってからは、陛下が仕切っていた頃より練習も楽になりましたがね」

馬車を停めているシルビエ広場に戻った時のことだった。広場からひと筋隔てた先に、建設中の建物がそびえているのにアメリは気づいた。先日、カイルがリエーヌに新たな孤児院を造る予定だと言っていたのを思い出す。

「マックス、あれはもしかすると孤児院になる建物かしら？」

外枠だけが完成しつつある建物に目を向けながら、隣にいるマックスに問う。

「その通りです。よかったら、視察されますか？」

「ええ、お願いしていいかしら」

「もちろんですよ」

マックスは愛想よく答えると、アメリを連れて建設中の孤児院へと向かった。

現場では、多くの男たちが力仕事に追われていた。まだ窓枠しかなく寒々しい見かけだが、それでもこの孤児院が立派な建物になるであろうことは容易に想像できる。

「おや、アメリ様ではありませんか」

すると、しわがれた声でアメリを呼ぶ者がいた。アーチ型の窓枠に計測尺を当てながらアメリを振り返っていたのは、ガラス工房のミハエル老人だ。鳥打ち帽に汚れたエプロンという見慣れた姿で、嬉しそうに微笑んでいる。その周りには、彼の弟子と思しき青年たちの姿もあった。

「ミハエルさん！　あなたもこの建物の建設に携わってくれているのですね」

「当然ですよ。何せ、虹の都きってのガラス工房主ですからね。大きな窓を備えた孤児院を建てるとあっては、力を貸さないわけにはいかないでしょう」

ミハエル老人に会ってから三年半が過ぎているが、以前よりも肌艶がよくなり背筋もシャンと伸びてきている彼は、若返っているようにすら感じる。

ロイセン王国の勝利を機に、つぶれかけていたミハエル老人のガラス工房は営業を再開し、小ぢんまりとしていた店舗もおよそ三倍の広さに拡大した。今では、諸国から集まった弟子を数人抱えるほど繁盛しているらしい。

「この部屋の窓ガラスを造るのですね」

アメリは、ミハエル老人がいる空間を見渡した。

窓枠が八つも用意されているところから察するに、かなり大きめの部屋だ。

「ええ。ここは、子供たちの食堂となる部屋です。毎日繰り返し使う食堂の窓には、子供たちの心に一生残る印象的なステンドグラス模様を描きたいと思っているのです。ですが、なかなかよいデザインを思いつかなくてですね」

困ったように、眉を下げるミハエル老人。

(子供たちの心に一生残るステンドグラス模様……)

アメリは、まだガラスのはめ込まれていない窓枠を見つめた。

アメリの脳裏に、この国の未来を担う子供たちのキラキラとした眼差しが浮かぶ。

その先に見えるものは、愛しい人の勇姿だった。

窓一枚一枚に、カイルの半生を描くのはどうだろうか。

彼がこの国を救った伝説を、ステンドグラスに残したい。

彼の功績を、未来永劫子供たちの心に刻みたい。

そうすれば、もしもこの先アメリが子供を授からなかったとしても、彼は孤独ではない。この国の未来を担う、子供たちの心に生き続けるのだから。

「……ミハエルさん。私にも、この仕事を手伝わせてはくれませんか？」

そう口走るアメリに、ミハエル老人、それからアメリの隣に控えていたマックスが、驚いた顔を向ける。ミハエル老人が遠慮がちに口を開いた。

「ですが、今のあなたは以前とはお立場が違う。そもそも、国王陛下がお許しにならないでしょう」

「どうしても、窓ガラスに描きたいことがあるのです。陛下には私からお願いしますので……」

「そういうことならば、致し方ない。本当はわしとしても、あなたの知恵をお借りできるのはありがたいですしな」

真摯なアメリの訴えを、ミハエル老人は優しく受け入れてくれた。

いつしか、空の色が変わりはじめていた。

デザインの構想に夢中になるあまり時間を忘れていたアメリは、マックスにせっつかれてようやく我に返る。

そして急いで建設現場をあとにし、城に戻った。

高台に位置するロイセン城はのこぎり型狭間のある回廊まで出れば国を一望できる。

カイルはそこで、茜色に染まる城下町を見下ろしていた。

この時間、彼はここにいることが多い。

夕風に揺れる鳶色の髪に、凛々しい背中。

その後ろ姿を目にしただけで、アメリの胸に安堵感と愛おしさが満ち溢れる。

「アメリ？」

気配を感じたのか、カイルが後ろを振り返った。

途端にカイルは険しい顔つきになると、早足でアメリに歩み寄る。

「ずいぶん、帰りが遅かったな」

「申し訳ございませんでした。つい、時間を忘れてしまいまして……」

カイルの顔は、明らかに怒っていた。

二年の眠りから目覚めて以降、一度も見たことのない顔つきにアメリは怯む。

「……まあ、帰ってきたのだからいい」

カイルが必死に怒りを呑み込もうとしているのが、空気でわかった。

彼は不安なのだ。

二年間眠り続けたように、アメリがまたどこかに行ってしまうのではないかと。

けれども、アメリのことを想って、その怒りを押し殺している。以前の彼であればすぐにでも怒りを爆発させていたであろうが、彼は変わった。アメリとそして国民のために、変わってくれたのだ。

たまらなくなって、アメリはぎゅっとカイルに抱きついた。

「カイル様、愛しています」

「……どうした、急に」

困惑しつつもアメリを抱きしめ返したカイルが、優しく髪を撫でてくる。

たとえカイルがこの国の王ではなく、騎士でも、平民でも、人間以外の何かでも、アメリは間違いなく彼を心から求めるだろう。

彼のすべてが愛しくてたまらないこの気持ちは、誰にも止められない。

だからこそ、どうしても孤児院の窓ガラスの製造に携わりたいのだ。

「カイル様、お願いがあります」

「なんだ」

「この先しばらく、毎日外出してもよろしいでしょうか」

カイルは、すぐに再び表情を険しくさせた。

そんな彼をなだめるように、アメリは言葉を続ける。

「けれども、これだけは覚えていてください。私はたとえどこに行こうとも、あなたのもとに必ず帰ってきます」

カイルは、しばらく何も言わなかった。

だがアメリの強い意志を感じとったのか、やがて「そうか」と穏やかな声を出す。

「どうしても、やりたいことがあるのだな」

「はい、何がなんでも」

「お前のそういう強いところは、嫌いではない」

観念したように、カイルが長いため息を吐く。

「だが約束しろ。絶対に、危険なことには足を突っ込むな」

「わかっております」

決意に漲るアメリの瞳を確認すると、カイルは許可を与えるように彼女の額に口づけした。

自然と笑みを浮かべるアメリを見つめるカイルの顔が、ほんのり赤く見えるのは、夕日のせいだけではないだろう。

翌日から、アメリは毎日のようにミハエル老人の工房に通った。

そしてドレスの袖をたくし上げ、自らガラス造りに精を出す。

日に日に、カイルの英雄譚《たん》を綴《つづ》ったステンドグラスが仕上がっていく。

それに比例するように、孤児院の建物も急速に形を成していった。

そして、アメリがガラス工房に毎日赴くようになってから、あっという間に一ヵ月が過ぎたのである。

「アメリ様。最近、頑張りすぎではありませんか？」

八枚のステンドグラスがいよいよ完成を迎えようとしているある日、リエーヌの中心部へと馬車を操りながら、騎士のセオが心配そうに声をかけてきた。

さすがに毎日ともなると騎士団長のマックスを護衛に従えるわけにもいかないので、このところはずっとセオに付き添ってもらっている。

「アメリ様と毎日デートできるのは嬉しいが、体調を崩されるのだけは勘弁してください。俺が、陛下にボコボコにされます」

冗談と本気半分半分といった口調で、セオが言う。

アメリは、一瞬ドキリとした。

このところ、時折気分が優れないことがあったからだ。少々根気を入れすぎたのかと気に病んでいた矢先のことだったので、セオに心の内を読まれたかのように感じてしまった。

「心配しないで、セオ。私、平民育ちだし体力はあるの」

アメリは、心の動揺を隠すべく微笑んでみせた。

完成まであと少しの今、身を引きたくはない。

「それならいいんですけど……。アメリ様華奢ですし、やっぱり心配だなあ」

セオは納得がいかないようにぼやきつつも、それ以上は何も言ってこなかった。

ガラス工房では、いよいよ八枚の窓ガラスの仕上げが行われているところだった。

ステンドグラスは、最後にブラシで隅から隅までを磨くことによって輝きだす。地味な作業だが、この工程を綿密にする否かで完成度が違ってくるのだ。

「とても上手よ」

アメリは、工房の端で丹念に窓ガラスを磨いている黒髪の若者に近づいた。その若者はジェシーという名前で、三人いるミハエル老人の弟子のひとりだった。十七歳のジェシーは、弟子たちの中で最も年若い。

「ありがとうございます」

ジェシーは、瞳を細め照れたように微笑んだ。コバルトブルーの切れ長の目を持つジェシーは、カイルに少しだけ似ている。加えてジェシーの母もアメリの母と同じ南国の出であることから、親近感を抱いていた。

ジェシーのほうでもアメリには心を許している節があり、普段は人見知りで口数も少ないのだが、アメリにだけはたくさん口をきいてくれるのだった。

「私も手伝うわ」

アメリはにっこり微笑むと、自らもブラシを手に取りジェシーの磨いている窓ガラスに向かった。自然と、ふたりの距離が近くなる。

期せずしてブラシを持った指先同士が触れ合うと、ジェシーは真っ赤になって「ごめんなさい！」と手を離した。

すると、そこに部屋の隅でアメリを見守っていたセオが近づいてくる。

そして、諭すような口調で彼女に言うのだった。

「アメリ様。あまりそういうのはよくないですよ」

「どうして？」

「陛下のことを思えば、俺がつらくなります」

アメリは手を止め、きょとんとセオを見た。

セオが何を言っているのか、さっぱりわからない。

——飢えた獣の瞳。

カイルのこんな顔は、久しぶりだ。

「カイル様……」

「すまない。痛かったか？」

アメリが不安げな声を漏らせば、カイルは我に返ったように顔を上げた。

そして、きつく彼女を抱きしめる。

「アメリ」

艶やかな髪をゆっくりと撫で、額にキスを落としながらカイルが呟いた。

「俺は、愚かな男だ」

「何をおっしゃるのです。あなたほどの立派な君主は、この世には存在いたしません」

フッと、頭上でカイルが微笑む気配がした。

「君主としてはそうだとしても、男としては哀れだ」

「なぜです？」

「お前に関わる、すべてに嫉妬しているからだ」

「すべてに、ですか……？」

「例えば、かつてお前の騎士だったヴァンに対してだ。それに、毎日のようにお前の護衛を任せている、マックスやセオに対しても。それから……」

カイルの指が、アメリのなだらかな腰を滑り落ちていく。

「お前が着ている、この服にも嫉妬している。俺よりも多く、お前に触れているからだ。それから、このシーツにも。お前が今、身を横たえているからだ」

アメリは、カイルを優しく抱き返した。

彼の紡ぐ言葉のすべてが、アメリの心をつかんで離さない。

アメリは、以前にセオから聞いた話を思い出した。

彼女が眠っていた二年の間に、カイルには幾度も縁談が持ち上がったという。

医師の見解では、アメリがこの先目覚めることはもうないとされていたからだ。

繁栄の一途を辿っている国に、世継ぎがいないなど死活問題だ。

国の幹部たちは、あの手この手でカイルに妃を娶らせようとした。妃を迎えるつもりがなくとも、せめて側室を迎えるようにと懇願した。

だがカイルは、女を寄せつけることを頑なに拒んだという。妃候補の中にはアメリの腹違いの姉たちの姿もあったらしいが、足蹴にしたというから驚きだ。

昼は休みなく政務とガラス造りに追われ、夜は目覚めぬアメリを抱きしめて眠る。

すべては、アメリのためだけに。

カイルの深い愛を思い知るたびに、彼女の胸に焼けつくような熱情が湧く。

額と額を合わせ、不安げな天色の瞳に、アメリは穏やかな眼差しを注いだ。

「カイル様、覚えておいてください。私が誰かと一緒にいようと、何かに触れていようと、身を横たえていようと、心は永遠にあなたのおそばにあります」

じっと、至近距離でアメリを見つめるカイル。

やがて「……わかった」と、彼は囁くように答えた。

間もなくして、燭台の明かりがフッと吹き消された。

青白い月明かりだけが頼りの寝室で、今宵も絡み合う吐息が闇に溶けていく――。


翌日は雲ひとつない晴天だった。

花の香りを乗せた春の風が、緩やかにリエーヌの街を吹き抜けていく。

孤児院の窓ガラスの取りつけ作業は、予定通り行われることとなった。

長梯子《はしご》を使い、男たちが次々と窓ガラスを装着していく。

すべての窓が無事はめ込まれた時、どこからともなくため息に似た歓声があがった。

アメリが街の人々と協力し、精魂込めて仕上げたステンドグラスは、それほどに美しかった。

八枚の窓ガラスには、すべてカイルの物語が描かれていた。

〝悪獅子〟と恐れられ、鉄兜で顔を隠していた少年の頃。

王宮騎士団に混ざり、勇ましく剣を振るう姿。

クロスフィールドへの進撃作戦。

赤いローブをまとい、月桂冠を授けられた戴冠式。

ラオネスクの長と分かち合い、国境越えを許される場面。

満月の夜にハイデル王国の王都を陥落させた、猛々しい勇姿。

ガラス産業の発展に貢献し、リエーヌが〝虹の都〟へと変わっていく様子。

そして――貴族からも平民からも盛大に祝福された、アメリとの結婚式。

光に溢れたその空間には、そこかしこにカイルが生きていた。

子供たちは日々彼の姿を目に刻み、心に留めるだろう。

カイルはもう、孤独ではない。

「なんと神々しい」

「これでまた、虹の都の名所が増えたな」

ミハエル老人に弟子たち、それに取りつけに関わった男たちや、様子を見に来た街の人々が肩を叩き喜び合った。中には、エイダンとその夫の姿も見える。

「王妃様、ありがとうございます……！」

次々と頭を下げられ、アメリは慌ててかぶりを振った。

「いいえ、私の力だけがもたらしたものではありません。協力してくれた皆さまのおかげです」

困ったように笑いながら、アメリはミハエル老人を振り返った。

すると、彼の隣にいたジェシーが視界に入った。

駆け出しのガラス職人である若者は、達成感を漲らせた瞳で八枚の窓ガラスを見つめている。このたびの作業は、おそらくジェシーにとって今までで一番の大仕事だったのだろう。ジェシーの表情は、見惚れるほどに美しかった。

未来ある若者の輝く顔を目の当たりにして、アメリの胸にまた歓びが湧き上がった。

『美しいものはね、普段は輝きを隠しているものなのよ』

亡き母の声が耳に蘇る。

『その本当の美しさを引き出すのは、職人の腕次第ね』

母の愛したガラスは、アメリだけでなく、この国の人々をも幸福にしてくれた。

目を閉じ、母の笑顔を思い出す。

「……私、お母さんのおかげでとても幸せよ」

アメリは誰にも聞こえないよう、亡き母に語りかけるのだった。

その時、取りつけて間もない食堂の扉が勢いよく開いた。

カツンカツンというブーツの足音が、室内にこだまする。

存在感を漂わすその響きに、食堂内にいた人々は誰からともなく入口に目を向けた。

そして、誰しもが固まる。

足音は、部屋の中ほどで止まった。室内が一気に緊張感に包まれたのに気づき、アメリも瞼を上げそちらを向く。それから、驚きのあまり身体を竦ませた。

室内中の人々の視線を浴びながら、光に照らされ輝く窓ガラスを見上げていたのは、ほかならぬカイルその人だった。漆黒の詰襟軍服に朱色のマントをまとい凛々しく立つ姿は、それだけで滲み出るような威厳がある。

「カイル様、どうしてこちらに……?」

近日中に彼をここに案内して驚かせようと計画していたのに、こんなにも早く見られるとは計算外だった。

戸惑いながらもアメリはカイルに近づくと、腰を落として礼をし、この国の王を厳かに迎え入れる。彼女に倣い、この場にいる人たちが次々と目の前の英雄王を敬い礼をはじめた。

「——俺の物語か。予想通り見事だ」

色とりどりの光を浴びながら、カイルが小さく言った。口ぶりから察するに、アメリがこの孤児院の窓ガラス製造に関わっていたことを、すでに知っていたようだ。

「知っていたのですか……？」

「ああ。マックスにもセオにも街でのことはすべて報告するように言っているからな」

当然のような口調で答えるカイル。彼の驚いた顔を楽しみにしていたアメリは、がっかりする。だが、マックスとセオの行動は間違ってはいないと思い直した。彼らはアメリの護衛である前に、この国の王であるカイルに忠誠を誓った騎士だからだ。

そこでカイルが、窓ガラスから視線を外しアメリを見た。

天色の瞳がいつになく不安定に揺らいでいるのを、彼女は見逃さなかった。

そういえば、カイルは昨夜もいつもとは様子が違った。

「……それに昨日は、セオから別の報告も受けた。そのことが気になって、城にはいられず時間を作ってここに来た」

「別の報告ですか？」

アメリが首を傾げれば、カイルは言いにくそうに口を開く。

「……ガラス職人の若い男と、親しくしているそうだな」

アメリは唖然とした。カイルが、一体何を言っているのかわからない。

「若い男性、ですか？」

「見つめ合ったり、手を触れ合ったりしているとセオは言っていた」

不機嫌さを露わにしながら、カイルが答える。そして「この中のどいつだ」とでもいうように、鋭い視線を室内にいる男たちに投げかけた。怯えた男たちは、自分ではないということをアピールするために、必死の形相でブンブンと頭を振っている。

アメリは眉をひそめながら、セオを振り返る。

「セオ、なんのことを言っているの？」

するとセオは一歩前に進み出て、アメリを咎《とが》めるように答えた。

「ジェシーのことですよ。さすがに、仲がよすぎやしませんか？　アメリ様を心の底から愛していらっしゃる陛下が気の毒です」

アメリは一瞬きょとんとしたのち、肩の力を抜いた。

一体どこで誤解が生じたのか、合点がいったからだ。

「……セオ。ジェシーは女性よ」

「え⁉」

すまし顔を崩し、まるで幽霊にでも出くわしたかのような顔でジェシーを見るセオ。

自分が突然話の中心にのぼり、戸惑いを隠しきれずにいたジェシーが、おずおずと口を開いた。

「……はい、私は女です。女にしては背が高いとよく言われますが……」

「でも、どこからどう見てもそれは男の装いだろ？」

「仕事の時は、男性の装いをしているのです。そのほうが動きやすいですすし、普段の服が汚れずに済みますから……」

セオの早合点には、困ったものだ。男の装いをしているとはいえ、ジェシーの後ろでひとつに束ねた長い黒髪と、色白の肌を見ればわかりそうなものなのに。

自分の失態に気づいたセオは、逃げ惑うように視線を泳がせたあと、恐る恐るカイルを見やった。そして殺人的な眼差しを真っ向から浴び、「ひいっ」としゃっくりに似た声をあげる。

カイルはセオをひと睨みしたあとで、アメリに歩み寄った。

「つまらぬことを聞いて、すまなかった。やはり俺は、お前のこととなると愚かだな」

「いいえ。そのお気持ちはよくわかります」

もしも逆の立場だったなら、アメリはカイル以上にヤキモキしていたに違いない。

そっと愛しい夫の手を取れば、カイルはそれに応えるようにアメリの掌を握り返してくれた。そして、神々しい光に満ちた八枚のステンドグラスを振り仰ぐ。

「それにしても美しいな。お前の愛に包まれているようだ」

「あなたのことを想いながら造りました」

「……この世に生まれてよかったと強く思う」

天色の瞳が、ステンドグラスを透過した光を受けて、宝石のように輝いていた。

「ここに住む子供たちは、この窓ガラスを眺めながら毎日あなたを思うでしょう」

アメリは柔らかく微笑んだ。

「覚えていてください。あなたはもう、ひとりではありません」

カイルはしばらくの間吸い込まれるようにアメリの瞳に見入っていたが、やがて彼にしては珍しい柔らかな笑みを浮かべた。

「——ありがとう、アメリ」

それからカイルは、自分たちを取り囲んでいる人々を見渡す。

「皆にも礼を言う。国のための尽力、心から感謝する」

英雄王から直々に感謝の言葉を賜り、人々は歓喜に満ちた声をあげた。

その様子を、アメリはカイルと手を取り合ったまま和やかな気持ちで見つめる。

大業を成し終えて、ホッとしたせいだろうか。そこで、急速にアメリは身体に不快

あとがき

最後までお読みくださり、ありがとうございました。

本作は、もとは昨年ベリーズ文庫さんから発売していただいた『冷酷な騎士団長が手放してくれません』というお話の前日譚《たん》として書いたお話でした。といっても続きものではないので、それぞれひとつの物語として成立するようにできています。

『冷酷な騎士団長が手放してくれません』には、大人になった少年アレクが書いたカイルの伝記風小説〝獅子王物語〟が、主人公の愛読書として度々登場します。

約八十年後の世界では、〝獅子王〟は伝説の英雄として人々に崇拝されているのですが、実はとんでもない問題児だったら面白いな、と思いついたのがきっかけで本作が生まれました。

前作の執筆途中から、本作のことを意識し、細かな設定を考えていったのを覚えています。誰も知らない秘密を自分だけが知っているみたいで、わくわくする作業でした。

『冷酷な騎士団長が手放してくれません』には、カイルとアメリ、ヴァン、それから騎士のマックスなど、本作に出てくる人物の子孫たちがたくさん登場します。また、アレクはおじいちゃんになって現れます。興味がございましたら、ぜひ読まれてくださいね。

カイルのアメリへの深い愛情が、色とりどりの光となって、八十年後も変わらず世界を照らしているのを感じていただけることと思います。

最後に、お礼を。

美しすぎるイラストを描いてくださったさばるどろ様、丁寧に対応してくださった編集担当さま、それから本作に携わってくださったすべての関係者さまに心より感謝いたします。

そして、この本を手に取り買ってくださった読者さま。皆さまに読まれ愛されることで、物語は命を授かることができます。本当にありがとうございます。

また、こうして皆さまとお会いできますように。

朧月《おぼろづき》あき

朧月あき先生への
ファンレターのあて先

〒104-0031
東京都中央区京橋1-3-1
八重洲口大栄ビル7F
スターツ出版株式会社　書籍編集部　気付

朧月あき先生

本書へのご意見をお聞かせください

お買い上げいただき、ありがとうございます。
今後の編集の参考にさせていただきますので、
アンケートにお答えいただければ幸いです。

下記URLまたはQRコードから
アンケートページへお入りください。
https://www.berrys-cafe.jp/static/etc/bb

獣な次期国王はウブな新妻を溺愛する

2019年7月10日　初版第1刷発行

著　者　朧月あき

発行人　松島 滋
デザイン　カバー　菅野涼子（説話社）
フォーマット　hive & co.,ltd.
校　正　株式会社　文字工房燦光
編　集　伴野典子　三好技知（ともに説話社）
発行所　スターツ出版株式会社
〒104-0031
東京都中央区京橋1-3-1　八重洲口大栄ビル7F
TEL　出版マーケティンググループ　03-6202-0386
（ご注文等に関するお問い合わせ）
URL　https://starts-pub.jp/
印刷所　大日本印刷株式会社

Printed in Japan

ISBN 978-4-8137-0717-2　C0193

ベリーズ文庫　2019年7月発売

『獣な次期国王はウブな新妻を溺愛する』　朧月《おぼろづき》あき・著

庶子と蔑まれていた伯爵令嬢のアメリは、冷酷な悪魔と名高い王太子カイルの婚約者として城に行くことに。鉄兜を被り素顔を見せないカイルにアメリは戸惑うが、ある時、彼が絶世の美男子で、賢く、弱い者に優しい本当の姿を知る。クールなカイルが「一生俺のそばにいろ」と熱い眼差しをぶつけてきて…！

ISBN 978-4-8137-0717-2／定価：本体640円＋税

『"自称"人並み会社員でしたが、転生したら侍女になりました』　江本《えもと》マシメサ・著

エリーは公爵令嬢・アリアンヌ専属侍女。アリアンヌは義妹にハメられ、肌も髪も荒れ放題、喪服を着こんで塞ぎこんでいる。ある日、前世コスメ好きOLだった記憶を取り戻したエリーは、美容オタクっぷりを発揮してアリアンヌを美少女に仕立て上げていき…!?

ISBN 978-4-8137-0719-6／定価：本体630円＋税